भारत में पंचायती राज

भारत में पंचायती राज

प्रमोद कुमार अग्रवाल

ज्ञान गंगा, दिल्ली

प्रकाशक : ज्ञान गंगा, 2/42, अंसारी रोड, दरियागंज, नई दिल्ली–110002
संर्वाधिकार : सुरक्षित / संस्करण : 2025 / मूल्य : तीन सौ पचास रुपए
मुद्रक : प्रिंट मीडिया, नई दिल्ली ISBN 978-93-82901-86-0

BHARAT MEIN PANCHYATI RAAJ
by Dr. Pramod Kumar Agrawal ₹ 350.00
Published by **GYAN GANGA**
2/42, Ansari Road, Daryaganj, New Delhi-110002

मध्य प्रदेश के शिवपुरी जिले की
उस आदिवासी महिला प्रधान को
समर्पित
जिसके कार्य को देखकर मुझे
यह पुस्तक लिखने की प्रेरणा प्राप्त हुई

अरुण जेटली
Arun Jaitley

मंत्री
विधि, न्याय एवं कंपनी कार्य
भारत सरकार
नई दिल्ली-110001
Minister
Law, Justice & Company Affairs
Government of India
New Delhi-110001

भूमिका

भारत में पंचायती राज की परिकल्पना वैदिक काल से ही चली आ रही है। आर्य सभ्यता तो पंचायती शासन-प्रणाली पर ही निर्भर रही है। समय के साथ-साथ इस प्रणाली में कुछ दोष एवं विकृतियाँ उत्पन्न हो गई थीं, जिन्हें देश के आजाद होने के बाद दूर करने के हरसंभव प्रयास किए गए हैं। 73वाँ एवं 74वाँ संविधान-संशोधन अधिनियम, 1993 इस दिशा में मील का एक पत्थर है, जिसके फलस्वरूप आज हमारे देश में पंचायती राज व्यवस्था को ठोस संवैधानिक अधिकार प्राप्त हैं और पंचायती राज संस्थाएँ हमारे सामाजिक एवं राष्ट्रीय जीवन की अविभाज्य अंग बन गई हैं।

ग्राम पंचायत, पंचायत समिति, जिला परिषद तथा विभिन्न स्तरों पर एवं अलग-अलग राज्यों में अलग-अलग नामों से स्थापित ये संस्थाएँ विकेंद्रीकृत भारतीय शासन-प्रणाली में लोगों की आकांक्षाओं को पूरा करने का माध्यम हैं। प्रजातांत्रिक मूल्यों को शासन-प्रणाली की सबसे लघु इकाई तक सामाजिक न्याय के साथ पहुँचाने हेतु केंद्रीय सरकार कृतसंकल्प है।

डॉ. प्रमोद कुमार अग्रवाल द्वारा लिखी गई यह पुस्तक पंचायती राज के विभिन्न पहलुओं पर पर्याप्त प्रकाश डालती है। यह एक अच्छा प्रयास है। मुझे पूरा विश्वास है कि यह शिक्षकों, विद्यार्थियों, सरकारी सेवकों, सामाजिक कार्यकर्ताओं, पंचायती न्याय तथा पंचायती राज की विभिन्न संस्थाओं के लिए अत्यधिक हितकर होगी।

शुभकामनाओं सहित,

—अरुण जेटली

प्राक्कथन

ऐतिहासिक दृष्टि से भारत के प्रत्येक गाँव में एक पंचायत होती है, जो गाँव विशेष की समस्याओं के स्थायी समाधान के लिए उत्तरदायी होती है। इस व्यवस्था ने भारत के समाज को ऊपरी राजनीतिक हलचल से दूर रखा और आठ सौ वर्ष की गुलामी के दौरान भी भारत का समाज शांतिपूर्वक जीवनयापन करता रहा, पर ब्रिटिश काल में भारत की विभिन्न संस्थाओं के साथ पंचायत-प्रणाली को भी धक्का लगा।

सन् 1992 में संविधान का 73वाँ संशोधन अधिनियम पारित हुआ तथा देश की पंचायत-प्रणाली से नवजीवन का संचार हुआ। प्रथम बार देश में कुल मिलाकर पाँच सौ चार जिला परिषदें, पाँच हजार छह सौ इक्यासी पंचायत समितियाँ तथा दो लाख चौदह हजार दो सौ सत्तासी ग्राम पंचायतें कार्यरत हैं। इन्हें ठोस संवैधानिक आधार प्राप्त है। फलतः यदि कोई राज्य निहित स्वार्थवश पंचायतों के गठन में आनाकानी करता है तो उस राज्य में संवैधानिक व्यवस्था की विफलता के कारण राष्ट्रपति शासन लागू किया जा सकता है।

पंचायती राज व्यवस्था के निम्नलिखित उद्‌देश्य हैं—

1. स्थानीय प्रशासन में जन-सहभागिता सुनिश्चित करना तथा

2. जनता की भागीदारी से ग्राम से संबंधित योजनाओं की परिकल्पना एवं उनका कार्यान्वयन करना।

जिस प्रकार स्वतंत्रता-प्राप्ति स्वयं ही एक महती उद्‌देश्य है, उसी प्रकार प्रजातंत्र प्रणाली में जन-भागीदारी एक महत्त्वपूर्ण लक्ष्य है। आज लगभग दस लाख महिलाओं सहित तैंतीस लाख निर्वाचित पंचायत प्रतिनिधियों ने देश के चरमराते प्रशासन को चुस्त-दुरुस्त करने का संकल्प लिया है, जिसपर संपूर्ण विश्व को विस्मय है। 5-6 अप्रैल, 2002 को पंचायत प्रतिनिधियों के दिल्ली सम्मेलन में प्रधानमंत्रीजी की अध्यक्षता में पंद्रह सूत्री राष्ट्रीय घोषणा की गई, जिसमें मुख्य बिंदु इस प्रकार हैं—

* 31 दिसंबर, 2002 तक राज्य सरकार सभी पंचायतों के निर्वाचन पूर्ण करेगी

और पंचायतों को संविधान की ग्यारहवीं अनुसूची के अनुसार सभी अर्हताएँ हस्तांतरित करेगी तथा उन्हें राज्य-प्रशासन के तीसरे सक्षम स्तंभ के रूप में स्थित करेगी।

* पंचायतों के विरुद्ध शिकायतों पर विचार करने के लिए राज्य स्तरीय ओमबड्समैन की नियुक्ति होगी।

* पंचायतों का अपने कार्य से संबंधित कर्मचारियों तथा अधिकारियों पर सम्यक् नियंत्रण होगा।

* 31 दिसंबर, 2002 तक सभी राज्यों में जिला योजना समितियाँ स्थापित होंगी।

* वर्ष में ग्राम-सभा की कम-से-कम चार बैठकें होंगी।

* पंचायतों का प्राकृतिक संसाधनों पर सम्यक् अधिकार होगा।

* पंचायतों के कार्यकलापों में जागरूकता-सृजन, जन-भागीदारी, पारदर्शिता तथा सामाजिक लेखा-परीक्षण आवश्यक रूप से होंगे।

* पंचायती राज संस्थाओं की कार्य-प्रणाली में सूचना प्रौद्योगिकी का इस्तेमाल होगा तथा पंचायती राज प्रतिनिधियों के प्रभावी प्रशिक्षण की व्यवस्था होगी।

* पंचायतों के उत्तम कार्य के लिए प्रोत्साहन योजना होगी।

पर वास्तव में विकेंद्रीकरण का रथ राज्यों के नीचे जिलों, जिले से नीचे विकास खंडों तथा विकास खंडों से नीचे गाँवों तक नहीं पहुँच पाता। गांधीजी ने कहा है कि वही पदक्षेप/योजना उचित है, जो समाज के निर्धनतम व्यक्ति के हित में हो। सांसदों और विधायकों को अपने 'चुनाव क्षेत्र विकास निधि' से संतोष नहीं होता है। उनकी पंचायतों की विकास संबंधी अधिक जिम्मेदारियाँ हैं। एक आकलन के अनुसार, केंद्र की वार्षिक योजना के 40 हजार करोड़ रुपए तथा राज्यों की वार्षिक योजनाओं से 31 हजार करोड़ रुपए से भी अधिक धन संविधान की ग्यारहवीं अनुसूची में निर्दिष्ट 29 पंचायताधीन विषयों पर खर्च किया जाता है; लेकिन इसका पाँच प्रतिशत भी पंचायतों को नहीं दिया जाता। इस दयनीय स्थिति पर ग्यारहवें वित्त आयोग ने टिप्पणी की है–"केंद्र तथा राज्यों ने ग्रामीण लोगों के लिए जो योजनाएँ प्रायोजित की हैं, उनके नियोजन तथा कार्यान्वयन में पंचायतों को शामिल नहीं किया गया है।"

कोष की कुंजी सरकारों के हाथों में है। विभिन्न सरकारें पंचायतों को जो धन उपलब्ध कराती हैं, उनमें से अधिकांश किसी-न-किसी योजना या कार्यक्रम को कार्यान्वित करने के लिए होता है। इसमें पंचायतें अपने स्थानीय अनुभव तथा संसाधनों का भरपूर उपयोग नहीं कर पातीं; क्योंकि उस योजना अथवा कार्यक्रम की निर्धारित कार्य-प्रणाली होती है। फिर भी जहाँ पंचायतें प्रशासन की एजेंसियों की भाँति काम कर

रही हैं, वे कार्य उन्हें ईमानदारी, दक्षता तथा समयबद्धता के साथ संपन्न करने चाहिए, ताकि वे नौकरशाही तंत्र से स्वयं को अधिक दक्ष प्रमाणित कर सकें और सरकारों एवं जनता द्वारा स्वभावतः स्वीकार्य की जाएँ। यदि पंचायतें स्थानीय दलबंदी, गुटबंदी, जातिवाद, भ्रष्टाचार इत्यादि के दलदल में फँस गईं तो दुबारा इन्हें यह सुनहरा अवसर प्राप्त नहीं होगा। इन्हें जनता की सेवा भेदभावरहित होकर करनी होगी। जनप्रतिनिधि अपने निर्वाचन के पश्चात् पूरे निर्वाचक मंडल का प्रतिनिधित्व करता है। इन्हें सरकारों की शिकायतें करने में अपना समय बरबाद नहीं करना चाहिए, अपितु पूर्ण स्वावलंबी शासन की इकाई बनने का प्रयत्न करना चाहिए। जहाँ चाह है वहीं राह है।

कर्नाटक और पश्चिम बंगाल के पंचायती राज प्रयोगों को राष्ट्रीय स्तर पर सराहा गया। पश्चिम बंगाल में वामपंथियों ने पंचायतों को जिस प्रकार सशक्त किया था, उसकी राजनीतिक फसल वे आज तक काट रहे हैं। राष्ट्रीय स्तर पर भी यदि देश को विखंडन से रोकना है तो पंचायतों के स्तर पर सत्ता का विकेंद्रीकरण वास्तव में करना होगा।

नौकरशाही अपनी अंतर्निहित दुर्बलताओं के कारण जनता की आवश्यकताओं तथा आकांक्षाओं को पूर्ण करने में विफल सिद्ध हुई है। देश की ग्रामीण तथा अवहेलित जनता उठ खड़ी हुई है। पंचायती राज अब एक सच्चाई है। उसे हमें सहर्ष स्वीकार करना है तथा उसके विकास में सहयोग करना है। जो कोई व्यक्ति, दल या सरकार उसकी गति में अवरोध उत्पन्न करेगी, वह अपने आत्मविनाश का पथ प्रशस्त करेगी।

—डॉ. प्रमोद कुमार अग्रवाल

अनुक्रम

देश में पंचायतों की ऐतिहासिक पृष्ठभूमि

भारत के प्राचीन पंचायती जीवन के विषय में आधुनिक साम्यवादी विचारधारा के प्रवर्तक कार्ल मार्क्स ने अपनी कालजयी कृति 'पूँजी' (दास कैपिटल) में लिखा है—"प्राचीन काल से चले आ रहे ये छोटे-छोटे भारतीय ग्राम-समुदाय धार्मिक ढंग के संयुक्त स्वामित्व तथा किसान और मजदूर के श्रम-विभाजन के सिद्धांत पर आधारित हैं। ये ग्राम-समुदाय अपने आप में परिपूर्ण तथा आत्मनिर्भर हैं। इनके उत्पादन-क्षेत्र का विस्तार सैकड़ों से लेकर हजारों एकड़ों तक पहुँचता है। अधिकतर उन्हीं वस्तुओं का उत्पादन किया जाता है, जो ग्रामवासियों की आवश्यकता की पूर्ति करती हों। केवल उत्पादन के लिए ही उत्पादन नहीं किया जाता। इससे श्रम-विभाजन की बुराई से ये संस्थाएँ बची हुई हैं, परंतु कहीं-कहीं भारतीय समाज में भी यह रोग प्रविष्ट हो रहा है।

भारत के विभिन्न भागों में आवश्यकता के अनुसार विभिन्न प्रकार के ग्राम-समुदाय पाए जाते हैं। भूमि संयुक्त रूप में काश्त की जाती है और उपज प्रत्येक परिवार में बाँट दी जाती है। एशिया के समाज में जो सुदृढ़ता, संगठन तथा स्थायित्व पाया जाता है, उसका मुख्य श्रेय इन स्वावलंबी ग्राम-समुदायों की उत्पादन-प्रणाली को ही है। वहाँ के राज्य टूटते रहते हैं—राजसी खानदान बनते-बिगड़ते और मिटते रहते हैं, परंतु वहाँ के ग्राम के समुदाय पर इन तूफानों, आँधियों, क्रांतियों तथा परिवर्तनों का कोई प्रभाव नहीं पड़ता। वे अपनी उसी सनातन गति से चलते रहते हैं।"

वैदिक काल में महासभाएँ थीं और ग्राम के संपूर्ण जनसमूह की सभा को 'महासभा' कहा जाता था। संपूर्ण ग्राम का एक नेता या मुखिया होता था, जो 'ग्रामणी' कहलाता था। वेदों में महासभा या समिति को 'विसः' कहा गया है। इस समिति का एक कार्य राजा का चुनाव भी हुआ करता था। यह समिति एक राजा के स्थान पर दूसरे राजा का चुनाव भी कर सकती थी। इस प्रकार वैधानिक दृष्टिकोण से इस समिति को पूर्ण अधिकार प्राप्त थे। राजा का यह कर्तव्य था कि वह समिति

की बैठकों में उपस्थित रहे, और यदि राजा समिति की बैठक में उपस्थित नहीं होता था तो उसको 'लोकरंजक' नहीं माना जाता था। उस क्षेत्र में रहनेवाले सभी व्यक्ति इस समिति के सदस्य होते थे और ये सदस्य किसी एक सदस्य को 'ग्रामणी' चुनकर भेजते थे। बाद में इसी को 'परिषद' कहा जाने लगा। इस महासभा या परिषद का मुख्य उद्देश्य था कि लोग कृषि और धान्य से अपनी जीविका सुचारु रूप से चलाएँ। (अथर्ववेद, कांड 112 अष्टदस) 'महाभारत' में सतयुग के विषय में कहा गया है कि सतयुग में सब लोग ब्राह्मण थे और कोई वर्णभेद नहीं था। प्रत्येक व्यक्ति अपने-अपने धर्म (कर्तव्य) का पालन करता था। राजा की परंपरा से लोग अपरिचित थे। कालांतर में समाज में विकार उत्पन्न होने के कारण ही वर्णों की उत्पत्ति हुई। 'महाभारत' के शांतिपर्व में भीष्म पितामह युधिष्ठिर को प्रजा के प्रतिनिधियों की एक शासन-सभा बनाने का उपदेश दे रहे हैं। उसमें चार स्नातक ब्राह्मण, युद्ध-विद्या में निपुण आठ क्षत्रिय, पवित्र गुणों से संपन्न तीन शूद्र, इक्कीस वैश्य और उच्च विचारवाले पचास वर्ष के एक सूत को रखने का परामर्श दिया गया है। इस प्रकार 'महाभारत' में 'ग्राम-संघ' का उल्लेख मिलता है। जातक ग्रंथों में 'ग्राम-सभा' का संदर्भ है। बौद्ध धर्म-सभाओं में निर्णय बहुमत से होता था, जैसा आधुनिक संसद में होता है।

दक्षिण भारत के (प्राचीन काल के) इतिहास में ग्राम-संगठन के संबंध में 'महाभारत' का भी उल्लेख मिलता है। उत्तर मल्लूर के बैकुंठ तथा पेरुमल मंदिर से प्राप्त शिलालेख में न्याय समिति, तालाब समिति, उद्यान समिति इत्यादि विभिन्न समितियों का उल्लेख मिलता है, जिससे स्पष्ट है कि उस समय पंचायतों का शासन समितियों या उपसमितियों के माध्यम से संचालित होता था।

गोस्वामी तुलसीदास कृत 'रामचरितमानस' में एक प्रसंग है कि भरत चित्रकूट में राम से मिलते हैं। उनके साथ अयोध्या के समाज के गण्यमान्य व्यक्ति हैं; महर्षि वसिष्ठ, विश्वामित्र तथा महाराज जनक हैं। भरत अपने अग्रज राम को अयोध्या का राजपाट वापस लौटाने आए हैं। दोनों ओर से वार्तालाप होता है। अयोध्या राज्य एक फुटबॉल की भाँति हो जाता है। धर्म के पालन हेतु राम उसे भरत की ओर ठेलते हैं और भरत राम की ओर। समाज के गण्यमान्य व्यक्तियों—वसिष्ठ, विश्वामित्र तथा जनक के समक्ष सभी मंत्रणाएँ होती हैं और अनिर्णीत रह जाती हैं। अंततः राम की प्रसन्नता के लिए भरत उनकी (राम की) पादुकाएँ ले जाकर अयोध्या के राजसिंहासन पर स्थापित करते हैं।

इसी प्रकार रामायण में एक प्रसंग है कि जब राम के प्रस्ताव पर सीता दूसरी बार अपने सतीत्व की परीक्षा देने आईं तो उस समय राजसभा में महर्षि वाल्मीकि

सहित सभी मंत्री विराजमान थे। इस प्रकार राम-राज में शासक स्वयं अपने व्यक्तिगत निर्णयों को महासभा या परिषद के समक्ष प्रस्तुत करता था, क्योंकि राजा के व्यक्तिगत जीवन का अमिट प्रभाव समाज के व्यक्तियों पर पड़ता है। यह है पंचायत तंत्र की मान्यता। यही कारण है कि पंचों को 'पंच परमेश्वर' कहा जाता है। उपन्यास सम्राट् और प्रख्यात कहानीकार मुंशी प्रेमचंद ने अपनी कहानी 'पंच परमेश्वर' में भारतीय मानस की यह विचारधारा बड़े सटीक ढंग से व्यक्त की है। प्रसिद्ध कहावत है—'पाँच पंच मिल कीजै काजा, हारे जीतै हो न लज्जा'। अर्थात् पंचों के निर्णय में हार अथवा जीत में लज्जा या शर्मिंदगी नहीं होती है।

'पंचायत' संस्कृत का शब्द है। यह 'पंच' और 'आयत' शब्दों के मेल से बना है। 'पंच' का अर्थ है—ब्राह्मण, क्षत्रिय, वैश्य, शूद्र तथा पाँचवाँ परमेश्वर। 'आयत' का अर्थ है कि उसका पूर्ण विस्तार है। यह प्राचीन तंत्र निरंतर अस्तित्व में किसी-न-किसी स्वरूप में रहा ।

भारत में सिकंदर तथा अन्य यूनानी आक्रमणकारियों द्वारा निर्मित यूनानी स्मारकों से भी इस बात की पुष्टि होती है कि ग्रामों के पंचायती संगठन पूर्णतया पुष्ट थे और ग्रामों की इकाइयों को पर्याप्त स्वतंत्रता प्राप्त थी। चाणक्य की प्रसिद्ध पुस्तक 'अर्थशास्त्र' में इनका कोई वर्णन नहीं मिलता है; पर चंद्रगुप्त के दरबार में रहनेवाले यूनानी राजदूत मेगस्थनीज के वृत्तांत से उस समय के नगर-प्रशासन तथा ग्राम-प्रशासन पर प्रकाश पड़ता है। नगरों का प्रशासन भी पंचायती प्रणाली जैसा ही होता था। तत्कालीन पाटलिपुत्र का प्रशासन उस समय के विकेंद्रीकृत प्रशासन का सूचक है। मेगस्थनीज ने अपने वृत्तांत में लिखा है—

'नगर का शासन एक निर्वाचित संस्था के हाथ में होता था, जिसमें तीस सदस्य होते थे। यह संस्था छह समितियों में विभक्त होती थी। प्रत्येक समिति पृथक्-पृथक् विषयों का प्रबंध करती थी। कुछ विषय ऐसे थे, जो राजकीय नियंत्रण में होते थे। पहली समिति उद्योगों का प्रबंध करती थी। दूसरी समिति यात्रियों, विशेषतः विदेशियों, की देख-रेख करती थी तथा उनके आवास, भोजन, औपचारिक सहायता इत्यादि का प्रबंध करती थी। तीसरी समिति जन्म-मरण के आँकड़े रखती थी। चौथी का कार्य व्यापार की देखभाल तथा निरीक्षण था। इस समिति के सदस्य माप-तौल के बाटों की भी देखभाल करते थे और इस बात का ध्यान रखते थे कि उत्पादन खुले बाजार में बिके। पाँचवीं समिति वस्तुओं के निर्माण का प्रबंध, निरीक्षण तथा देखभाल करती थी। यह समिति इस बात पर भी ध्यान रखती थी कि नई तथा पुरानी वस्तुएँ अलग-अलग बेची जाएँ। छठी समिति वस्तुओं के विक्रय-मूल्य का दशांश शुल्क की

तरह एकत्रित करती थी।'

मुसलिम शासकों ने भारतीयों की देशी परंपराओं से अधिक छेड़छाड़ नहीं की; बल्कि वे भी भारतीय जीवन-पद्धति से एकाकार हो गए। ग्रामीण जीवन के ये सुदृढ़ आधार अप्रभावित रहे; पर ब्रिटिश राज ने भारतीयों की इन संस्थाओं को नष्ट करने की बात सोची, ताकि उनका शासन लंबे समय के लिए अबाध गति से चल सके। उन्होंने पंचायतों जैसी लोकतांत्रिक संस्थाओं पर भी प्रहार किया, जो उनके देश में भी प्रत्यक्ष या अप्रत्यक्ष रूप से विद्यमान थी। लाला लाजपतराय ने अपनी पुस्तक 'दुःखी भारत' में डॉ. रदरफोर्ड का कथन रेखांकित करते हुए उद्धृत किया है—"भारतवर्ष में जिस पद्धति के अनुसार ब्रिटिश शासन चलाया जा रहा है, वह इस भाग में अत्यंत निकृष्ट और पतित—एक राष्ट्र की दूसरे राष्ट्र द्वारा लूट-खसोट की पद्धति है।" सारांश रूप में लालाजी ने कहा, "भारतवर्ष में अंग्रेजी राज भारत का नाश करने में लगा है।" (पृष्ठ 416)

इतिहासकार बैवेल लिखते हैं—"मुसलिम सुल्तानों ने भारत की परंपरागत ग्राम संस्थाओं का उपयोग करना ही उचित समझा।" जबकि रमेश चंद्र दत्त के अनुसार, "भारत में ब्रिटिश राज्य की सबसे दुःखद स्थिति यह हुई कि उसने ग्राम राज्य की प्रथा को तहस-नहस कर दिया, जो विश्व के सब देशों की अपेक्षा भारत में सर्वप्रथम विकसित हुई और सबसे अधिक काल तक पनपी रही। पंचायतों पर प्रथम आक्रमण सन् 1773 में प्रारंभ हुआ, जब वारेन हेस्टिंग्स के शासन काल में रेग्युलेशन एक्ट द्वारा पंचायतों के अधिकार एक के बाद एक छीने जाने लगे। गाँव से मालगुजारी एकत्र करने के लिए जमींदार नियुक्त हुए, जो व्यक्तिगत रूप से लगान वसूल करने लगे। अदालती विचार के लिए न्यायाधीश बैठा दिए गए। वे न्याय के नाम पर स्वेच्छाचार करने लगे। वारेन हेस्टिंग्स तथा मुख्य न्यायाधीश एलिजा इंपेह के विषय में तो सर्वविदित है कि किस प्रकार दोनों मिलकर रात में निर्णय लिखते थे तथा प्रातः इंपेह उन्हें अदालत में घोषित करता था।

जनता के दबाव पर अंग्रेजी राज ने पंचायती व्यवस्था को समय-समय पर जीवंत करने का प्रयास भी किया। सन् 1883-85 में पंचायतों से संबंधित कानून बनाए गए। उस समय देहाती बोर्डों (रुरल बोर्ड) के काम नगरपालिकाओं जैसे ही थे। उदाहरण के तौर पर—स्वास्थ्य, यातायात, शिक्षा, अकाल-सहायता। स्थानीय संस्थाओं की आय के मुख्य साधन थे—कर, फीस, चुंगी, काँजी-हाउस फीस, शिक्षा-संबंधी सरकारी अनुदान, चिकित्सा-संबंधी सरकारी अनुदान इत्यादि इनसे सन् 1889 से 1895-96 तक के छह वर्षों में स्थानीय संस्थाओं की कुल आय दो करोड़ सड़सठ

लाख तिरासी हजार छह सौ बयासी रुपए थी और इसमें से एक करोड़ इकतालीस लाख पाँच हजार अट्ठाईस रुपए सड़कों पर चुंगी से प्राप्त हुए थे।

सन् 1909 में शाही विकेंद्रीकरण आयोग का गठन हुआ। उक्त आयोग ने अपनी रिपोर्ट सन् 1910 में दी। वास्तव में यह रपट स्थानीय स्वराज के पुनःस्थापन का श्रीगणेश करती है। इस आयोग ने अपनी रपट में सुझाव दिया कि अधिकार केंद्र से हटाकर भिन्न-भिन्न उपकेंद्रों में बाँट दिए जाएँ। अर्थ और शासन-संबंधी विषयों में उच्च केंद्रीय अधिकारियों का नियंत्रण कम किया जाए और प्रांतीय सरकारों के हाथ में दे दिया जाए, शासन-पद्धति सरल की जाए, स्थानीय स्वराज का विकास किया जाए, गाँवों के लोग अपने प्रतिनिधि स्वयं चुनें, पंचायतों के विकास की जिम्मेदारी जिला पंचायत अधिकारी को दी जाए; गाँव की सफाई, तालाब, कुओं और सड़कों का निर्माण, प्रारंभिक शिक्षा इत्यादि पंचायतों के कर्तव्यों में शामिल किए जाएँ।

इन सिफारिशों के बावजूद विशेष प्रगति नहीं हुई। सन् 1911 की जनगणना में पता चला कि बंबई और उत्तर प्रदेश के प्रांतों में ग्राम-पंचायतों का अस्तित्व भी नहीं रह गया; केवल जातीय पंचायतों के कुछ काम जारी थे। इस रपट का सारांश मिंटो-मार्ले सुधारों (1909) से लिया गया था और नौकरशाही को उत्तरदायित्व-रहित रहने दिया गया था। सन् 1911 में जब ब्रिटिश सम्राट् का आगमन भारत में हुआ तब यह धारणा उत्पन्न हुई कि आगे चलकर भारत में अति केंद्रित ब्रिटिश पद्धति न होकर संघात्मक शासन-प्रणाली भी प्रचलित होगी; पर यह टलता रहा।

सन् 1915 की शासकीय रिपोर्ट में पंचायतों के विषय में कहा गया कि पंचायतों को निश्चित कर लगाने की अनुमति दी जानी चाहिए, लेकिन इस पर प्रांतीय सरकार का नियंत्रण रहना चाहिए और इस बात का ध्यान रखना चाहिए कि कर-वसूली में पंचायतें इतनी लीन न हो जाएँ कि उसके पीछे वे अन्य कार्यों में शिथिल हो जाएँ।

सन् 1919 में मांटेग्यू-चेम्सफोर्ड सुझावों के कारण गवर्नमेंट ऑफ इंडिया एक्ट के पास होने के बाद पंचायतों की ओर कुछ और ध्यान दिया गया। अब ग्राम-सुधार के कार्यों को भी अपनाया जाने लगा, पर ग्राम-सुधार का कार्य पंचायतों के सुपुर्द नहीं किया गया। वह जिलाधिकारियों के अधीन था। इस काल में कुछ गैर-सरकारी व्यक्ति और संस्थाएँ भी ग्राम-सुधार के क्षेत्र में उल्लेखनीय काम करने लगी थीं। सन् 1919 के एक्ट के लागू होने का एक महत्त्वपूर्ण परिणाम यह हुआ कि पंचायतों का विषय केंद्रीय सरकार का न रहकर प्रांतीय सरकारों का विषय बन गया।

सन् 1919-20 के आस-पास ग्रामीण जनता की दशा सुधारने की दो प्रमुख

योजनाएँ सामने आईं। एक योजना श्री मानवेंद्र नाथ राय की 'जनता योजना' थी और दूसरी थी महात्मा गांधी की 'ग्रामोद्धार योजना'।

ग्रामोद्धार के इन आरंभिक प्रयोगों में गुड़गाँव के तत्कालीन डिप्टी कमिश्नर श्री एफ.एल. ब्रेन के 'गुड़गाँव प्रयोग' का भी अपना स्थान है। इससे यह परिणाम निकला कि ग्रामोत्थान के कार्य में ग्राम-पंचायतों का बनाना एक सहायक कार्य ही नहीं है, बल्कि एक आवश्यक कार्य है।

मद्रास प्रांत में सन् 1920 में पंचायत कानून बना। इसमें स्थानीय संस्थाओं और पंचायतों को अधिकार दिए गए थे। साथ ही 'ग्राम-न्यायालय एक्ट' (विलेज कोट्र्स एक्ट) के अंतर्गत पंचायतों को भी न्याय-संबंधी अधिकार दिए गए थे।

सन् 1935 के गवर्नमेंट ऑफ इंडिया एक्ट में जनता के शासन की कई माँगें मान ली गईं, पर पंचायतों की दशा नहीं सुधर सकी। वस्तुतः ब्रिटिश शासकों की सभी सिफारिशें कागजी ही रहीं, क्योंकि उनमें से बहुत कम को अमली जामा पहनाया गया। उचित धन तथा अधिकारों के अभाव में पंचायतें न मुकदमेबाजी को कम कर सकीं, न किसानों के कार्य-भार को हलका कर सकीं, न उन्हें स्वशासन की दिशा दे सकीं और न ही देश के ग्रामों की हालत में कोई उल्लेखनीय परिवर्तन कर सकीं।

स्वातंत्र्योत्तर पंचायतों का विकास

सन् 1947 में स्वतंत्रता-प्राप्ति के पश्चात् नेतृत्व उन व्यक्तियों के सशक्त हाथों में था, जिन्होंने स्वतंत्रता-संग्राम में अपना सर्वस्व न्योछावर कर दिया था अथवा जो स्वतंत्रता का सही अर्थ समझते थे तथा महात्मा गांधी के आदर्शों के अनुसार भारत का निर्माण करना चाहते थे। अतः स्वतंत्रता-प्राप्ति के पश्चात् मानो राज्यों में पंचायत अधिनियम लागू करने की होड़ होने लगी। उत्तर प्रदेश में एक नए ढंग का पंचायत राज अधिनियम सन् 1947 में पास हुआ। यह सन् 1950, 1952 और 1954 में संशोधित हुआ। असम का प्रथम ग्राम-पंचायत अधिनियम सन् 1948 में बना, जो 1952 में संशोधित हुआ। उड़ीसा ग्राम-पंचायत अधिनियम सन् 1948 में पास हुआ, जो प्रथम बिहार-उड़ीसा स्थानीय स्वशासन अधिनियम, 1858 पर आधारित था।

पंचायतें बनाई गईं, पर उनकी आय के साधनों की समुचित व्यवस्था नहीं की गई, जिसके लिए सूरत में कांग्रेस अधिवेशन के अध्यक्ष पद से भाषण देते हुए सरदार पटेल ने सुझाव दिया था, "साधनों के बिना अधिकारों को बढ़ाना मरी हुई औरत को आभूषणों से अलंकृत करने जैसा है।"

महात्मा गांधी ने कहा था, ''गाँव की सरकार पाँच व्यक्तियों की पंचायत होगी। ग्राम के सभी वयस्क मिलकर पंचों को एक वर्ष के लिए चुनेंगे। पंचों की कुछ न्यूनतम योग्यताएँ निर्धारित होंगी। एक वर्ष के शासन काल में पंचायतें एक साथ विधानसभा, अदालत और कार्यपालिका के रूप में कार्य करेंगी। यहाँ परिपूर्ण लोकतंत्र है, जो व्यक्तिगत स्वतंत्रता पर आधारित है। व्यक्ति स्वयं अपनी सरकार का निर्माता है। व्यक्ति और उसकी सरकार—दोनों पर अहिंसा धर्म का शासन है। वह और उसका गाँव दुनिया की ताकत को चुनौती दे सकते हैं, क्योंकि प्रत्येक ग्रामवासी इस नियम से अनुशासित है कि अपने तथा अपने ग्राम के सम्मान की रक्षा के लिए वह अपने जीवन को न्योछावर कर दे।''

केंद्रीय सरकार ने उत्तर प्रदेश में बने पंचायती विधेयक को आदर्श माना। सन् 1953 तक प्रायः सभी राज्यों में पंचायतों के संबंध में नए विधेयक बना लिये गए। अजमेर राज्य में पंचायत-संबंधी नया विधेयक सन् 1953 में बना।

प्रथम पंचवर्षीय योजना के अंत तक देश में एक लाख तेईस हजार छह सौ सत्तर ग्राम-पंचायतों का गठन हो चुका था। उत्तर प्रदेश में सन् 1953-54 में पंचायतों द्वारा लगभग साढ़े आठ करोड़ रुपए के मूल्य का विकास कार्य किया गया था। उत्तर प्रदेश के इटावा जिले में सन् 1948 में एक अभिनव प्रयोग आरंभ हुआ, जिसमें पंचायतों ने भी सक्रिय भूमिका निभाई। इटावा जिले के इक्यानबे गाँवों में यह परियोजना आरंभ हुई। इन गाँवों की लगभग साठ हजार की जनसंख्या को सभी सरकारी विभागों ने मिलकर खेती की उपज बढ़ाने में सहयोग दिया। दो अमेरिकी—श्री अल्बर्ट मेयर्स और श्री होरेस होम्स इस परियोजना की देखभाल करते रहे। उन्हें अमेरिका में इस काम का अनुभव था कि तकनीकी सहायता देकर ग्रामवासियों की कृषि-उपज वृद्धि में कैसे सहयोग किया जा सकता है। अमेरिका में पिछले चालीस वर्षों से यह काम हो रहा था। इटावा परियोजना का मुख्य उद्देश्य कृषि की उन्नति करना था; परंतु इसके साथ-साथ गाँवों की सफाई, स्वास्थ्य और प्रौढ़ शिक्षा के लिए भी थोड़ा-बहुत काम किया गया। इस प्रकार पंचायतों को ग्राम विकास के कार्यक्रम में सक्रिय भूमिका निभाने के लिए तैयार किया गया। व्यक्ति और समुदाय के गठन के लिए पं. जवाहरलाल नेहरू ने एक सरल, किंतु महत्त्वपूर्ण कार्यक्रम रखा। उन्होंने सुझाव दिया कि प्रत्येक ग्राम में एक पंचायत, एक सहकारी समिति और एक स्कूल होना चाहिए। दूसरे देशों में स्थापित स्वायत्त संस्थाओं का भी प्रभाव भारत पर पड़ा, क्योंकि स्वतंत्रता-प्राप्ति के पश्चात् अंतरराष्ट्रीय स्तर पर भारतीयों का अबाध आना-जाना शुरू हो गया। कुछ देशों के प्रशासन का स्वरूप इस प्रकार है—

इंग्लैंड—समिति या काउंसिल को शासन-भार सँभालना पड़ता है। समिति कार्य-संचालन के लिए उप-समितियाँ नियुक्त कर देती है, जो पृथक् विभागों का काम देखती हैं। सभापति या मेयर का शासनाधिकार नहीं के बराबर होता है।

फ्रांस—कम्यून या म्यूनिसिपैलिटी का मेयर शासन का सबसे बड़ा अधिकारी होता है। यह मेयर निर्वाचित समिति द्वारा चार वर्ष के लिए नियुक्त होता है। काउंसिल कार्य करने हेतु स्वंतत्र है, किंतु डिपार्टमेंट (जिले) का अधिकारी प्रेफेक्ट, जो जिले के शासन के साथ-साथ स्थानीय शासन के लिए भी केंद्रीय सरकार के प्रति उत्तरदायी है, प्रायः हस्तक्षेप करता रहता है।

जर्मनी—जर्मनी में मुख्य शासनाधिकारी 'वर्गो मास्टर' होता है। यह शासन विशेषज्ञ तथा वैतनिक कर्मचारी होता है। काउंसिल को शासन विषयक कोई भी अधिकार नहीं होता और वर्गो मास्टर उसके गैर-कानूनी या अनुचित निर्णयों को मानने से इनकार कर सकता है।

संयुक्त राज्य अमेरिका—मेयर काउंसिल की भाँति जनता द्वारा निश्चित समय के लिए निर्वाचित होता है। मेयर द्वारा प्रस्तावित आय-व्यय लेखे में काउंसिल धनराशि घटा या बढ़ा सकती है। इसकी शासन-प्रणाली कमीशन प्रणाली है। इसमें पाँच-सात व्यक्तियों के हाथ में समस्त स्वायत्त शासन रहता है, जो पृथक्-पृथक् विभागों के अध्यक्ष रहते हुए सामूहिक रूप में काउंसिल का कार्य करते हैं। तृतीय सिटी मेयर प्रणाली है, जो वेतन-भोगी शासन विशेषज्ञ होता है। काउंसिल उसके दैनिक कार्यों, पद-नियुक्ति आदि में कोई हस्तक्षेप नहीं करती है।

बलवंत राय मेहता समिति

पंचायती राज संस्थाओं को बलवंत राय मेहता समिति की सिफारिशों से नया जीवन मिला। तत्कालीन प्रधानमंत्री पं. नेहरू ने इन सिफारिशों को लागू करने में विशेष रुचि प्रदर्शित की। नवंबर 1957 में इस कमेटी ने अपनी रपट प्रस्तुत की। 12 जनवरी, 1958 को राष्ट्रीय विकास परिषद ने अपनी बैठक में समिति की संस्तुतियों को लोकतांत्रिक विकेंद्रीकरण हेतु स्वीकार किया।

समिति ने यह सुझाव दिया कि ग्राम विकास योजनाओं में जनता को सक्रिय भाग लेने के लिए प्रोत्साहित करने हेतु योजना व प्रशासनिक सत्ता—दोनों का

विकेंद्रीकरण होना चाहिए। इसी सिद्धांत के अनुसार स्वशासन, स्वायत्त शासन और स्थानीय शासन की मूल धारणाओं को देश की वर्तमान परिस्थितियों के अनुकूल बनाने का प्रयास हो रहा है।

बलवंत राय मेहता समिति के सुझाव निम्नलिखित थे–

1. दूसरी पंचवर्षीय योजना में इस बात पर बल दिया गया है कि ग्राम-पंचायत से लेकर जिला स्तर तक लोकतांत्रिक शासन के लिए सुगठित संस्थाएँ होनी चाहिए। कुछ विषयों को छोड़कर संबद्ध क्षेत्र के सामान्य प्रशासन और विकास की जिम्मेदारी इन संस्थाओं पर होनी चाहिए।
2. विकास-खंडों के लिए स्वशासन संस्थाओं, जिन्हें हम 'पंचायत समिति' कह सकते हैं, को भरपूर अधिकार और पर्याप्त साधन देना होगा। सरकार अपनी जिम्मेदारियों, अधिकारों और साधनों का एक अंश नीचे के स्तरों पर लोकतांत्रिक संस्थाओं को दे, यही लोकतांत्रिक विकेंद्रीकरण है, यही पंचायती राज है। अब शासन का केंद्र केवल दिल्ली या राज्यों की राजधानियों में ही न होकर पंचायत समितियों में भी है। कई भागों में केंद्र का बँट जाना विकेंद्रीकरण है। प्रत्येक व्यक्ति को यह आभास होना चाहिए कि शासन कार्य में उसका भी कुछ-न-कुछ योगदान है।
3. सरकार जो भी कार्य करे, वह पंचायत समिति के माध्यम से ही होना चाहिए। जिन विकास कार्यों की जिम्मेदारी पंचायत समितियों को सौंपने के लिए कहा गया है, उनमें ये विषय सम्मिलित किए गए हैं—कृषि, पशुपालन, सहकारिता, लघु सिंचाई के कार्यक्रम, ग्रामोद्योग, प्रारंभिक शिक्षा, स्थानीय संचार, सफाई, स्वास्थ्य और चिकित्सा, स्थानीय सुविधाएँ तथा इसी प्रकार के अन्य विषय।
4. पंचायती राज के ढाँचे के तीन स्तर हैं—विकास-खंड के स्तर पर पंचायत समिति है, उसके ऊपर संपूर्ण जिले के लिए जिला परिषद और नीचे गाँव के लिए ग्राम-पंचायत हैं। ये तीनों संस्थाएँ एक-दूसरे से जुड़ी हुई हैं और इनमें परस्पर घनिष्ठ संपर्क है। इन तीनों में सर्वाधिक महत्त्वपूर्ण 'पंचायत समिति' है। पंचायत समिति का कार्यकाल पाँच वर्ष के लिए हो। ग्राम-पंचायत के सदस्यों से ही पंचायत समिति के सदस्य चुने जाएँगे। पंचायत समिति के पास अधिकारियों के दो समूह होंगे—पहला प्रखंड स्तर के लिए और दूसरा ग्राम स्तर के लिए। पहले समूह में एक

मुख्य कार्यकारी अधिकारी होगा, शेष कृषि, सिंचाई, स्वास्थ्य, शिक्षा, सड़क, भवन इत्यादि विषयों से संबद्ध तकनीकी अधिकारी होंगे। मुख्य अधिकारी को प्रशासन के लिए विधिसम्मत अधिकार दिए जाएँगे।

5. पंचायत समितियों की आमदनी के स्रोत निम्नलिखित होंगे—

(क) प्रखंड क्षेत्र में वसूल किए जानेवाले भू-राजस्व का कम-से-कम दसवाँ भाग।

(ख) लघु सिंचाई पर जल-कर और भू-राजस्व पर कर।

(ग) रोजगार, पेशों और व्यापारों पर कर।

(घ) समिति क्षेत्र के अंतर्गत मछली के तालाबों, नावों आदि संपत्ति से किराया या लाभ।

(ङ) समिति क्षेत्र में सड़कों, पुलों के पट्टों या उनपर वसूल की जानेवाली चुंगी की रकम।

(च) यात्री कर।

(छ) आमोद-प्रमोद और मनोरंजन पर कर।

(ज) शिक्षा के लिए कर।

(झ) हाट, बाजार, मेलों इत्यादि से मिलनेवाली राशि।

(ञ) मोटरगाड़ी-कर का एक अंश।

(ट) जनता द्वारा स्वैच्छिक दान।

(ठ) सरकार द्वारा दिया गया अनुदान।

इनमें से कुछ करों के लिए न्यूनतम दरें निर्धारित करने को कहा गया है। साथ ही राज्य सरकारों को पर्याप्त आर्थिक सहायता देने का सुझाव भी दिया गया है। कुछ सरकारी अनुदान बिना शर्त होने चाहिए। सहायता में से कुछ रकम किसी विशेष कार्य पर खर्च करने के लिए दी जा सकती है, लेकिन कोई अन्य शर्त नहीं होगी। कुछ सहायता किसी विशेष उद्देश्य के लिए इस शर्त के साथ दी जा सकती है कि पंचायत समिति भी उस कार्य पर समान रूप से राशि खर्च करे।

कालांतर में पंचायत समितियों ने राजस्व अर्जन करना कम कर दिया। वे केवल ग्रामीण विकास के लिए धुरी बन गईं। वस्तुतः उनके पास राज्य, केंद्र तथा चारों ओर से इतना धन उपलब्ध हुआ कि उनका दिमाग खराब हो गया। कुछ पंचायत समितियों में भ्रष्टाचार पनपने लगा।

संयुक्त राष्ट्र संघ के तकनीकी सहायता कार्यक्रम के अधीन एक दल पर्यवेक्षण के लिए आया, जिसने भारत के सामुदायिक विकास कार्यक्रम का मूल्यांकन किया।

इस दल ने जानकारी दी—"अधिकतर सामुदायिक विकास अधिकारी ग्रामवालों की आशाओं-आकांक्षाओं से अवगत नहीं हैं। वे समझते हैं कि उनका काम शिक्षा देना और संगठन करना है। गाँववाले बैठकर धीरे-धीरे विचार करते हुए कोई व्यावहारिक सुझाव दें—यह सुनने का धैर्य इन अधिकारियों में नहीं है।"

सादिक अली समिति की रिपोर्ट के अनुसार, पंचायती राज के अधीन ग्राम विकास में उपलब्धियाँ अच्छी हुई हैं और स्थानीय शासन की इकाई के रूप में पंचायत संस्थाओं ने अच्छी प्रगति की है। सन् 1960-61 से लेकर 1963-64 के आँकड़ों के आधार पर समिति ने बताया कि कृषि और पशुपालन क्षेत्र में उत्पादन-वृद्धि हुई है, परंतु सामाजिक सुविधाओं पर खर्च कम किया जाने लगा है और जन-सहयोग घट रहा है। सुविधाओं पर खर्च कम करने का कारण सन् 1961-62 के बाद उत्पादन कार्यक्रमों पर अधिक बल दिया जाना है।

वस्तुतः हरित क्रांति की सफलता में इन सामुदायिक विकास-खंडों का योगदान ही प्रमुख है। कम-से-कम बलवंत राय मेहता समिति ने उस समय देश की परिस्थिति के अनुसार एक पंचायत प्रशासनिक ढाँचा दिया, जिसके आधार पर देश खाद्यान्न के क्षेत्र में आत्मनिर्भर बना तथा जिसने आनेवाले कल में पंचायत प्रशासनिक संस्थाओं की नींव डाली।

सन् 1977 में अशोक मेहता समिति ने अपनी रपट में पंचायती राज व्यवस्था को संगठित करने में मंडल-पंचायत (विकास समिति) और जिला परिषदें बनाने का सुझाव दिया, लेकिन सन् 1979 में मुख्यमंत्रियों के सम्मेलन में उस सुझाव को स्वीकार नहीं किया गया और स्थानीय निकायों को तीन स्तरीय पंचायती राज व्यवस्था को कायम रखने का फैसला किया गया। यह भी सुझाव दिया गया कि पंचायतों के चुनाव राजनीतिक दलों के आधार पर न किए जाएँ।

25 मार्च, 1985 को भारत सरकार ने डॉ. जी.वी.के. राव की अध्यक्षता में एक समिति नियुक्त की। इस समिति ने यह सिफारिश की कि योजना की नीति और उसके कार्यक्रमों के कार्यान्वयन के लिए 'जिला' को इकाई माना जाए। इसी आधार पर जिला परिषदों को विकास कार्यक्रमों को पूरा करने का काम सौंपा गया। उस समिति ने ग्राम-पंचायतों के चुनाव नियमित कराने का सुझाव दिया।

जून 1986 में डॉ. एल.एम. सिंघवी की अध्यक्षता में एक समिति गठित की गई। उस समिति ने गाँव में आर्थिक साधनों से संपन्न पंचायतों के पुनर्गठन पर जोर दिया और न्याय-पंचायतों को गठित करने की सिफारिश की। उस समिति ने यह भी संस्तुति की कि विभिन्न राज्यों में पंचायती राज व्यवस्था में एकरूपता लाने का

प्रयास किया जाए।

सरकारिया आयोग की एक समिति ने यह सुझाव दिया कि पंचायती राज संस्थाओं को वैधानिक रूप में मान्यता दी जानी चाहिए और जिलों के राजनीतिक एवं प्रशासनिक ढाँचे का आधार ग्राम-पंचायतों को बनाया जाना चाहिए।

सन् 1988-89 में पंचायती राज संस्थाओं के पुनर्गठन के लिए तत्कालीन प्रधानमंत्री श्री राजीव गांधी ने व्यापक स्तर पर जिला अधिकारियों और मुख्य सचिवों की कार्यशालाएँ तथा पंचायती राज सम्मेलन आयोजित किए। उन सभी प्रयत्नों के फलस्वरूप संसद में सन् 1989 में संविधान संशोधन अधिनियम लाया गया, जिसकी परिणति 73वें व 74वें संविधान संशोधन अधिनियम, 1992 में हुई। परिणामतः आज हमारे देश में पंचायती राज व्यवस्था को ठोस संवैधानिक मान्यता प्राप्त है तथा पंचायती राज संस्थाएँ हमारे सामाजिक एवं राष्ट्रीय जीवन का अविभाज्य अंग बन चुकी हैं।

□

पंचायती राज की संवैधानिक स्थिति

भारत के संविधान-निर्माण के दौरान संविधान सभा में गांधीवादी सदस्यों का मत था कि पंचायती राज को मूल अधिकारों की श्रेणी में रखा जाए। श्री गोकुल भाई दौलतराम भट्ट ने तो यहाँ तक कहा, "पंचायती राज के बिना तो भारत का संविधान हो ही नहीं सकता। पंचायतों के आधार के बिना भारत का विशाल भवन गिर जाएगा।"

पर संविधान-निर्माताओं द्वारा पंचायत-व्यवस्था को संविधान के भाग 4 में राज्य की नीति के निदेशक तत्त्व के अंतर्गत अनुच्छेद 40 में इस प्रकार स्थान दिया गया—"राज्य ग्राम-पंचायतों का संगठन करने के लिए कदम उठाएगा और उन्हें ऐसी शक्तियाँ तथा प्राधिकार प्रदान करेगा, जो उन्हें स्वायत्त शासन की इकाइयों में कार्य करने योग्य बनाने के लिए आवश्यक हों।"

संविधान-निर्माताओं ने संविधान का प्रारूप गांधीजी को दिखाया। गांधीजी ने उसे देखकर लौटा दिया और कहा, "इसमें तो पंचायतों की व्यवस्था है ही नहीं।" उन्होंने कहा कि "यदि भारत को नष्ट नहीं होना है तो हमें सबसे निचले स्तर से काम आरंभ करना होगा, अन्यथा उच्च तथा मध्य का तंत्र लड़खड़ाकर गिर जाएगा। स्वराज का अर्थ कुछ लोगों के हाथ में क्षमता नहीं है, बल्कि बहुमत के हाथ में वह क्षमता है, जिससे वह शासन को नियंत्रित कर सके, अर्थात् विकेंद्रीकरण ही भारत के तंत्र का समाधान है।"

संविधान में निहित गांधीजी की स्पष्ट विचारधारा के बावजूद नीति निदेशक तत्त्वों को गतिमान नहीं बनाया जा सका। निदेशक तत्त्व संविधान के भाग चार में पड़े रहे, जिन्हें संविधान-निर्माताओं ने 'स्वाधीनता-संग्राम के आदर्श सिद्धांत' माना था। सन् 1973 में केशवानंद भारती बनाम केरल राज्य (ए.आई.आर. 1973 एस सी 146) में उच्चतम न्यायालय के निर्णय के पश्चात् स्थिति स्पष्ट हो गई कि मूल अधिकारों तथा नीति-निदेशक तत्त्वों के बीच कोई आधारभूत विभाजन नहीं है। वे

एक-दूसरे के पूरक तथा अनुपूरक हैं। आवश्यकता पड़ने पर निदेशक तत्त्वों को अग्राधिकार मिल सकता है।

स्वतंत्रता-प्राप्ति के बयालीस वर्षों के बाद सन् 1989 में संसद में संविधान-संशोधन (चौंसठवाँ) लाया गया, जिसमें गाँव, प्रखंड एवं जिला स्तर पर पंचायतों की स्थापना की व्यवस्था थी। बीस लाख से कम जनसंख्यावाले राज्यों में मध्य स्तर पर पंचायतों का प्रावधान नहीं था। यह विधेयक लोकसभा द्वारा पारित कर दिया गया, पर राज्यसभा ने पारित नहीं किया। 15 मई, 1989 को तत्कालीन प्रधानमंत्री श्री राजीव गांधी ने इस विधेयक (संशोधित) को संसद में रखते हुए कहा, "स्वतंत्र लोग वे होते हैं, जो अपने प्रतिनिधियों को जानते हैं, जो अपनी इच्छा के अनुसार शासित होते हैं और उनकी सहमति से उनपर शासन किया जाता है, जो अपने जीवन तथा अपनी नियति को प्रभावित करनेवाले निर्णयों में भागीदार होते हैं। ग्रामीण भारत के मेरे व्यापक दौरों के दौरान तथा पंचायती राज सम्मेलनों में पंचायती राज प्रतिनिधियों के साथ मेरी जो बातचीत हुई, उसमें बड़े जोरदार ढंग से मेरा ध्यान इस ओर आकर्षित किया गया। मैंने दस हजार से अधिक प्रतिनिधियों के साथ विचार-विमर्श किया है तथा विभिन्न स्तर के अधिकारियों से भी। मैं देखता हूँ कि सदन के अधिकतर सदस्य इस बात पर खुश नहीं हैं। अनुसूचित जातियों और जनजातियों के लोगों में व्यापक और न्यायोचित शंकाएँ हैं कि यदि इन निकायों में उनके प्रतिनिधित्व को सुनिश्चित नहीं किया जाएगा तो पंचायती राज ग्रामीण आभिजात्य वर्ग के हाथों में दमन का केवल एक साधन बन जाएगा।"

उन्होंने कहा कि केंद्रीय सरकार का उद्देश्य राज्य सरकारों के पंचायतों पर नियंत्रण को कम करना नहीं है। वह तो सत्ता के दलालों को दूर रखना चाहती है। उन्होंने इस धारणा को निर्मूल करते हुए कहा, "मैं इस बात पर बल देना चाहता हूँ कि ग्यारहवीं अनुसूची बहुत व्यापक नहीं है। हम आशा करते हैं कि राज्य पंचायतों को और अधिक शक्तियाँ तथा अधिकार सौंपते चले जाएँगे, ताकि जो कुछ भी स्थानीय स्तर पर देखा जा सकता है उसी स्तर पर देखा जाए और ऊपर न भेजा जाए। हमें जिस सबसे बड़े खतरे से बचना है, वह यह है कि पंचायतों को सौंपी गई शक्तियाँ पंचायती राज व्यवस्था के बाहर राज्य सरकार के नियंत्रण में स्थापित अन्य निकायों के पास न चली जाएँ।...हमारे विधेयक का उद्देश्य यह सुनिश्चित करना है कि पंचायतों को सौंपी गई शक्तियाँ पंचायतों के पास ही रहें; इस व्यवस्था के बाहर न जाएँ। इसी प्रकार हमारे विधेयक का उद्देश्य सभी विकास एजेंसियों को पंचायती राज संस्थाओं के ढाँचे के अंतर्गत लाने को सुनिश्चित करना और निर्वाचित

प्रतिनिधियों के प्रति जवाबदेह बनाना है। ऐसे दो बुनियादी कारण हैं, जिनसे जिला तथा उपजिला स्तरों पर लोगों की आवश्यकताओं के प्रति प्रशासन उदासीन बन गया है। पहला है जिला प्रशासन का अनेक एजेंसियों में बँट जाना तथा जिला स्तर पर किसी एकल केंद्र-बिंदु पर पर्याप्त तालमेल के बिना राज्य सरकारों के प्रति इनका जवाबदेह होना। इसका कारण है केंद्र-बिंदु पर कार्यरत एक निर्वाचित सत्ता का अभाव। यह पंचायतों के चुनाव का एक घोषणा-पत्र है। हम सबको इसके बारे में स्पष्ट होना चाहिए। यह घोषणा-पत्र भारत के लोगों के लिए है। यह वह घोषणा-पत्र है, जो भारत के लोगों को सत्ता सौंपने तथा सत्ता के उन कुछ दलालों से शक्तियाँ छीनने का संकल्प लेता है।''

तत्कालीन प्रधानमंत्री ने पंचायतों को उत्तम प्रशासन के लिए सलाह देते हुए कहा, ''हमारे लोकतंत्र में केंद्र एवं राज्य जैसे दूसरे स्तरों पर चुने हुए प्रतिनिधियों एवं अधिकारियों ने परस्पर सहयोग के साथ काम करना सीख लिया है। इसी प्रकार का सौहार्दपूर्ण संबंध पंचायतों तथा जिलाधिकारियों के बीच होना चाहिए। हमें आशा है कि राज्य सरकारें जिला प्रशासन के नियमन एवं विकासात्मक गतिविधियों के बीच दरार उत्पन्न करने के मोह से बचेंगी। समन्वय की आवश्यकता इसलिए भी है कि विकासात्मक प्रशासन के माध्यम से नियमन अधिकारी अपने ऐसे संपर्क एवं संबंध बना लेता है, जिसके द्वारा वह शांति तथा व्यवस्था से संबंधित संकट को टालता है अथवा उसके उत्पन्न होने पर उसका निराकरण करता है।''

यद्यपि यह विधेयक सन् 1989 में पारित न हो सका, पर राजीव गांधी की दृढ़ राजनीतिक इच्छाशक्ति के कारण दिसंबर 1992 में पारित 73वें और 74वें संविधान संशोधन के द्वारा संविधान में भाग 9 और 9 (क) जोड़ा गया। इन दो भागों के अंतर्गत अनुच्छेद तथा क्रमशः 11वीं और 12वीं दो नई अनुसूचियाँ संविधान का अंग बन गई हैं। 73वाँ संशोधन पंचायत संबंधी उपबंध करता है और 74वाँ संशोधन नगरपालिकाओं के विषय में। 73वें संशोधन के कारण पंचायती राज संस्थाओं को संवैधानिक मान्यता और संरक्षण प्राप्त हो गया है। 73वें संविधान संशोधन में उपबंध है कि राज्यों के विधानमंडल पंचायतों आदि के लिए अपने-अपने कानून बनाएँगे। प्रत्येक राज्य में गाँव तथा जिला स्तरों के बीच एक और स्तर पर पंचायतें स्थापित की जाएँगी। जिन राज्यों की जनसंख्या बीस लाख से अधिक नहीं है, उनमें बीच के स्तर पर पंचायतों की आवश्यकता नहीं होगी। महत्त्वपूर्ण बात यह है कि अब पंचायतों को अधिक समय के लिए स्थगित अथवा निरस्त नहीं किया जा सकेगा, क्योंकि छह महीने के भीतर चुनाव कराना अनिवार्य होगा। दूसरी बात यह कि सभी

पंचायतों में महिलाओं, अनुसूचित जातियों और अनुसूचित जनजातियों को आरक्षण प्राप्त होगा। पंचायतों का पाँच वर्ष का निश्चित कार्यकाल होगा। उसका अपना बजट होगा, कर लगाने की शक्ति होगी तथा उनके अपने विषय और अधिकार-क्षेत्रों की सूची (11वीं सूची) होगी। पंचायतें अपने-अपने क्षेत्रों के लिए आर्थिक विकास की योजनाएँ बना सकेंगी और उन्हें कार्यान्वित कर सकेंगी। पंचायतों के चुनाव कराने के लिए प्रत्येक राज्य में एक राज्य निर्वाचन आयोग की नियुक्ति होगी तथा प्रत्येक पाँचवें वर्ष पंचायतों की आर्थिक स्थिति का आकलन करने के लिए एक वित्त आयोग बैठाया जाएगा।

संवैधानिक प्रावधान

हमारे संविधान के भाग 9 में पंचायतों से संबद्ध मुख्य प्रावधान निम्नलिखित हैं—

1. 'ग्राम-सभा' ग्राम स्तर पर पंचायत के क्षेत्र के भीतर किसी ग्राम में निर्वाचक नामावली में पंजीकृत व्यक्तियों से मिलकर बना निकाय है।
2. ग्राम-सभा ग्राम स्तर पर ऐसी शक्तियों का प्रयोग और ऐसे कृत्यों का पालन कर सकेगी, जो किसी विधि द्वारा निर्धारित किए जाएँ।
3. 'पंचायत' ग्रामीण क्षेत्र के लिए गठित स्वायत्त शासन की संस्था है।

इसका अर्थ यह है कि पंचायत-प्रतिनिधियों पर भी संपूर्ण ग्रामवासियों के नियंत्रण का प्रावधान संविधान में है।

(क) हर राज्य में ग्राम, प्रखंड और जिला स्तर पर पंचायतों का गठन किया जाएगा।

(ख) पंचायतों के प्रत्येक स्तर पर प्रतिनिधि सीधे निर्वाचन द्वारा चुने जाएँगे, परंतु राज्य विधानमंडल ग्राम-पंचायतों के अध्यक्षों का मध्यवर्ती स्तर पर मध्यवर्ती स्तर के अध्यक्षों का जिला स्तर की पंचायतों में प्रतिनिधित्व का प्रावधान कर सकेंगे। निर्वाचित विधायकों तथा सांसदों के प्रतिनिधित्व करने का उपबंध भी बनाया जा सकेगा। कम-से-कम एक-तिहाई सीटों का आरक्षण महिलाओं के लिए रहेगा।

(ग) प्रत्येक पंचायत में अनुसूचित जातियों और अनुसूचित जनजातियों के लिए उस अनुपात में स्थान आरक्षित रहेंगे जिस अनुपात में उनकी जनसंख्या उस क्षेत्र की जनसंख्या से है। इन आरक्षित स्थानों की कुल संख्या के कम-से-कम एक-तिहाई स्थान अनुसूचित जातियों या अनुसूचित

जनजातियों की महिलाओं के लिए आरक्षित रहेंगे। पंचायत में अध्यक्षों के अनुसूचित जाति, अनुसूचित जनजाति या महिलाओं के लिए आरक्षित पद चक्रानुक्रम से आवंटित किए जा सकेंगे, पर कुल प्रतिशत वही रहेगा।

(घ) पंचायतें पाँच वर्ष तक ही बनी रहेंगी, इससे अधिक नहीं। किसी पंचायत को उसके विघटन की तारीख से छह मास की अवधि की समाप्ति के पूर्व निर्वाचन द्वारा गठित किया जाएगा।

(ङ) सदस्यों के निर्वाचन के लिए अर्हताओं को राज्य विधानमंडल विधि द्वारा निर्वाचित करेगा।

(च) राज्य की विधि के अनुसार पंचायतें शुल्क और पथ-कर लगाकर उन्हें एकत्रित और विनियोजित कर सकेंगी।

(छ) पंचायतों को राज्य विधानमंडल ऐसी शक्तियाँ और प्राधिकार प्रदान करेगा जो उन्हें स्वायत्त शासन की संस्थाओं के रूप में कार्य करने में समर्थ बनाने हेतु आवश्यक हो। वह उन्हें निम्नलिखित शक्तियाँ और उत्तरदायित्व देगा—

(i) आर्थिक विकास और सामाजिक न्याय के लिए योजनाएँ तैयार करना।

(ii) आर्थिक विकास और सामाजिक न्याय की ऐसी योजनाओं—जो उन्हें सौंपी जाएँ, जिनके अंतर्गत वे योजनाएँ भी हैं, जो ग्यारहवीं अनुसूची में सूचीबद्ध विषयों के संबंध में हैं—को कार्यान्वित करना।

संविधान की ग्यारहवीं अनुसूची में निम्नलिखित विषय सूचीबद्ध हैं—

1. कृषि तथा कृषि-विस्तार।
2. भूमि-विकास, भूमि-सुधार का कार्यान्वयन, चकबंदी और भूमि-संरक्षण।
3. लघु सिंचाई, जल-प्रबंध और जल-विभाजक क्षेत्र का विकास।
4. पशुपालन, डेयरी उद्योग और कुक्कुट-पालन।
5. मत्स्य उद्योग।
6. सामाजिक वानिकी और कार्य वानिकी।
7. लघु वन-उपज।
8. लघु उद्योग, जिसके अंतर्गत खाद्य प्रसंस्करण उद्योग भी हैं।
9. खादी, ग्रामोद्योग और कुटीर उद्योग।
10. ग्रामीण आवास।
11. पेयजल।
12. ईंधन और चारा।

13. सड़कें, पुलिया, पुल, फेरी, जल-मार्ग और अन्य संचार साधन।
14. ग्रामीण विद्युतीकरण, जिसके अंतर्गत विद्युत् का वितरण भी है।
15. अपारंपरिक ऊर्जा-स्रोत।
16. गरीबी-उन्मूलन कार्यक्रम।
17. शिक्षा, जिसके अंतर्गत प्राथमिक और माध्यमिक विद्यालय भी हैं।
18. तकनीकी प्रशिक्षण और व्यावसायिक शिक्षा।
19. प्रौढ़ और अनौपचारिक शिक्षा।
20. पुस्तकालय।
21. सांस्कृतिक क्रियाकलाप।
22. बाजार और मेले।
23. स्वास्थ्य और स्वच्छता, जिसके अंतर्गत अस्पताल, प्राथमिक स्वास्थ्य केंद्र और औषधालय भी हैं।
24. परिवार-कल्याण।
25. महिला-विकास और बाल-विकास।
26. समाज-कल्याण, जिसके अंतर्गत विकलांगों और मानसिक रूप से कमजोर, मंद बुद्धि व्यक्तियों का कल्याण भी है।
27. दुर्बल वर्गों, विशेष तौर पर अनुसूचित जातियों और अनुसूचित जनजातियों का कल्याण।
28. सार्वजनिक वितरण-प्रणाली।
29. सामुदायिक संपत्ति की देखभाल।

ठोस वित्त के बिना उपर्युक्त शक्तियाँ या उत्तरदायित्व अर्थहीन हैं। इसीलिए संविधान के अनुच्छेद 243 (झ) में प्रत्येक पाँचवें वर्ष की समाप्ति पर राज्यपाल वित्त आयोग का गठन करेगा और पंचायतों को विभिन्न स्तर पर करों, शुल्कों, पथ-करों और फीसों को विभाजित करेगा। कुछ करों आदि को पंचायतों को आरक्षित करेगा तथा राज्य की संचित निधि में से पंचायतों के लिए सहायता या अनुदान से संबंधित सिद्धांतों के विषय में सिफारिशें करेगा, ताकि पंचायतों की वित्तीय स्थिति सुदृढ़ हो।

इसी प्रकार अनुच्छेद 243 (ट) के अनुसार, राज्य निर्वाचन आयुक्त की सेवा-शर्तों में उसकी नियुक्ति के पश्चात् उनके लिए अलाभकारी परिवर्तन नहीं किया जाएगा। यहाँ तक कि संविधान के अनुच्छेद 243 (ण) के द्वारा सामान्य न्यायालयों के पंचायत-संबंधी मामलों में हस्तक्षेप का वर्जन किया गया है, क्योंकि पूर्व में अदालतों के माध्यम से ही ग्रामों के निहित स्वार्थ वर्षों तक पंचायतों को काम करने से रोकते

रहे, क्योंकि एक बार अदालत में मुकदमा चला गया तो उसकी निष्पत्ति में साधारणतया वर्षों लग जाते हैं।

सर्वोच्च न्यायालय का निर्णय

सन् 1996 में पटना उच्च न्यायालय के इस निर्णय के विरुद्ध कि बिहार में राज्य सरकार तुरंत पंचायत चुनाव कराए, उच्चतम न्यायालय ने डब्ल्यू.जी.सी. नं. 719/95 मामले में 12 अगस्त, 1997 को पंचायत चुनावों की परम पावनता के संबंध में यह निर्णय दिया, ''ऐसे चुनाव करवाने के रास्ते में आनेवाली वास्तविक कठिनाइयों, जैसे—राज्य में बाढ़, भूकंप आदि प्राकृतिक आपदाएँ या राज्य में विद्यमान अति आवश्यक स्थिति, जिसके कारण पंचायत चुनाव समय पर नहीं कराए जा सकते हों, जैसे मामलों को छोड़कर संबंधित राज्यों को पंचायतों के चुनाव स्थगित करने की अनुमंति नहीं दी जा सकती है।''

संविधान बिलकुल स्पष्ट है। देश के सर्वोच्च न्यायालय ने भी स्पष्ट निर्णय दे दिया है, फिर भी यदि कोई राज्य सरकार संविधान में निहित इन प्रावधानों का उल्लंघन करे तो अनुच्छेद 356 के अंतर्गत राज्य में संवैधानिक तंत्र के विफल हो जाने की दशा में राष्ट्रपति शासन लागू किया जा सकता है। तब राज्य के विधानमंडल की शक्तियाँ संसद द्वारा या शासन की शक्तियाँ राष्ट्रपति के हाथ में चली जाएँगी। विशंभर बनाम उ.प्र. राज्य (ए. 1982 सु. को. 33 पैरा 41-43) में स्पष्ट कर दिया गया है कि मूल अधिकार के भाग 3 में रहने से संविधान के किसी प्रावधान को केवल यही अतिरिक्त सुविधा है कि कोई भी व्यक्ति अपने अधिकार के हनन के लिए उच्चतम न्यायालय का भी दरवाजा खटखटा सकता है, जबकि संवैधानिक अधिकार या किसी प्रावधान के उल्लंघन के लिए वह केवल उच्च न्यायालय या निचली अदालत में जा सकता है। इसका यह अर्थ स्पष्ट है कि 73वें संविधान संशोधन के पश्चात् संसद या विधानमंडल ऐसा कोई कानून नहीं बना सकते, जो संविधान के भाग 9 के विरुद्ध हो या उसका उल्लंघन करता हो।

यह सत्य है कि अनुसूची 11 में उल्लेखित विषयों पर अनेक विधेयक हैं। उन सभी विधेयकों को रातोरात परिवर्तित या संशोधित करना असंभव है, पर आनेवाले विधेयकों या विधि पर पंचायत-प्रतिनिधियों तथा जनता को कड़ी दृष्टि रखनी होगी, ताकि ऐसे विधेयकों के विरुद्ध जनमत तैयार किया जा सके, जो संविधान के भाग 9 के विरुद्ध हैं। आवश्यकता पड़ने पर उच्च न्यायालय की शरण में भी जाया जा सकता है।

अनुच्छेद 243 (य, घ) के द्वारा तो संविधान के भाग 9 (क) ने जिला योजना को पूर्ण रूप से विकेंद्रीकृत कर दिया है। प्रत्येक राज्य में जिला स्तर पर जिले में पंचायतों और नगरपालिकाओं द्वारा तैयार की गई योजनाओं को समेकित करने तथा संपूर्ण जिले के लिए एक विकास योजना प्रारंभ करने के लिए एक 'जिला योजना समिति' का गठन किया जाएगा। इन समितियों के कुछ सदस्य कम-से-कम चार बटा पाँच (80%) जिले में ग्रामीण क्षेत्रों और नगरीय क्षेत्रों की जनसंख्या के अनुसार निर्वाचित किए जाएँगे। इस प्रकार प्रायः सभी जिला योजना समितियों पर निर्वाचित प्रतिनिधियों, विशेषतः ग्रामीण क्षेत्र के प्रतिनिधियों, का वर्चस्व रहेगा। ये समितियाँ स्थानीय योजना तथा भौतिक एवं प्राकृतिक संसाधनों के बँटवारे के विषय में भी तय करेंगी। इनमें सरकार द्वारा नामित 1/5 अंश प्रतिनिधि या संस्थाएँ होंगी। इनकी सिफारिशें राज्य सरकार के पास भेजी जाएँगी। योजनाएँ भेजते समय ये राज्य सरकार तथा केंद्रीय सरकार द्वारा समस्त उद्देश्यों और प्राथमिकताओं को ध्यान में रखेंगी। यदि राज्य सरकार को इनकी योजना पसंद नहीं आई तो वे अपने सुझावों के साथ जिला योजना समिति के पास वापस भेज सकती हैं। प्रायः इन समितियों का अध्यक्ष जिला परिषद का अध्यक्ष ही होता है तथा जिला परिषद के सदस्यगण ही इसमें बहुमत में रहते हैं। वित्त आयोग द्वारा जिले के लिए यदि प्रावधान सुनिश्चित है तथा उसके अनुसार जिला योजना समिति राज्य सरकार के पास योजना भेजती है तो राज्य उसे स्वीकार करने के लिए बाध्य होगा। स्वभावतः जिला स्तर पर योजना का प्रारूप तैयार होने के पूर्व प्रारूप प्रखंड या पंचायत समिति स्तर तथा ग्राम-पंचायत स्तर पर तैयार होगा। इस प्रकार सभी लोग संयोजन-प्रक्रिया में सम्मिलित होंगे, जिसके फलस्वरूप यह योजना होगी जनता की, जनता के द्वारा तथा जनता के लिए। इस प्रकार संविधान में पूर्ण विकेंद्रीकृत विकास-व्यवस्था है।

□

विभिन्न राज्यों में पंचायत व्यवस्था

प्रत्येक राज्य ने अपने विकास के अनुसार पंचायत व्यवस्था को ग्रहण किया है।

पंचायतों के मुख्य कार्य हैं—

(क) आर्थिक विकास तथा सामाजिक न्याय हेतु विकास कार्यों के कार्यक्रम तैयार करना।

(ख) विभिन्न सरकारी योजनाओं का कार्यान्वयन निर्देशानुसार करना।

पंचायतों का कर्तव्य है कि वे समाज के उपेक्षित वर्ग का विशेष ध्यान रखें तथा अनुसूचित जाति, अनुसूचित जनजाति एवं महिलाओं के लिए विशेष कार्यक्रम तैयार करें।

पंचायतों के प्रमुखों के विभिन्न अधिकार और कर्तव्य तीन स्तरों पर हैं। प्रत्येक पंचायत प्रमुख अपने नीचे के अधिकारियों के काम पर नजर रखेगा, उन्हें नियंत्रित करेगा, पंचायत का लेखा-जोखा तथा रिकॉर्ड रखेगा, पंचायत की धनराशि का ध्यान रखेगा तथा पंचायत के सामान्य प्रशासन को नियंत्रित करेगा।

पंचायत के प्रत्येक स्तर पर कार्यों को तीन भागों में बाँटा जा सकता है—

1. **अनिवार्य कार्य :** सफाई, पानी के निकास की व्यवस्था, लोक न्यूसेंस को रोकना, बीमारियों को रोकना, पेयजल की व्यवस्था, गाँव की सड़कों का निर्माण तथा रख-रखाव, कर और फीस लगाना तथा उन्हें वसूल करना।
2. **वैवेकिक कार्य :** सड़कों पर प्रकाश की व्यवस्था तथा रख-रखाव, सड़कों के किनारे वृक्षारोपण तथा उसका रख-रखाव, सामाजिक वानिकी, कुओं तथा तालाबों का निर्माण, सहकारी समितियों का विकास, व्यापार का नियमितीकरण, ग्रामीण हाट-बाजार तथा मेलों की व्यवस्था और स्थानीय लघु उद्योगों का प्रचार-प्रसार एवं वृद्धि।
3. **अन्य कार्य :** प्राथमिक, तकनीकी तथा व्यावसायिक शिक्षा, ग्रामीण चिकित्सालयों,

स्वास्थ्य केंद्रों, सिंचाई, मवेशियों का पालन तथा प्रजनन, भूमि-सुधारों को देखना तथा ऐसे उपाय करना कि गाँव की पैदावार बढ़े और बंजर एवं खाली पड़ी जमीन पर खेती हो।

पश्चिम बंगाल में पंचायत व्यवस्था

पश्चिम बंगाल में चार स्तरोंवाली पंचायत व्यवस्था लागू थी। पश्चिम बंगाल पंचायत अधिनियम, 1957 के अनुसार, पश्चिम बंगाल में ग्राम-सभा, ग्राम-पंचायत, पंचायत समिति या अंचल-पंचायत तथा न्याय-पंचायत की व्यवस्था थी। ग्राम-सभा वैसे सभी लोगों को मिलाकर बनती है, जिन्हें मत देने का अधिकार प्राप्त है। ग्राम-पंचायत अपने सदस्यों में से अंचल-पंचायत के सदस्यों को निर्वाचित करके भेजती थी। प्रायः यह प्रखंड या उससे कम स्तर पर होती थी। निचले अंचल-पंचायत के सदस्य ग्राम-सभा के सदस्यों के बीच से न्याय-पंचायत के सदस्यों का चुनाव करते थे; पर न्याय-पंचायतें अभी तक ठीक ढंग से स्थापित न हो सकीं; वे केवल कागजों तक ही सीमित होकर रह गईं।

सन् 1963 में पश्चिम बंगाल जिला परिषद अधिनियम के प्रभावी होने के पश्चात् आंचलिक परिषद तथा जिला परिषदों की स्थापना हुई। आंचलिक परिषदों ने क्रमशः अंचल-पंचायतों को हटाकर पंचायत समिति का स्वरूप ले लिया, जिसका स्वरूप संविधान के नौवें अध्याय में भी दिया गया है। पश्चिम बंगाल पंचायत अधिनियम, 1973 के पश्चात् तीन स्तरीय पंचायतों की व्यवस्था प्रभावी ढंग से हुई, जिसे सन् 1977 में चुनाव जीतने के पश्चात् वामपंथी सरकार ने ठोस ढंग से कार्यान्वित की। वामपंथी सरकार की सफलता का यही राज है कि उसने अपने पूर्व कांग्रेस शासन के उत्तम कानूनों को सुचारु रूप से कार्यान्वित किया।

ग्राम-सभा वस्तुतः ग्राम-पंचायत की संसद है, जिसकी सभा वर्ष में एक या दो बार होती है, जिसमें ग्राम-पंचायत के कार्यों का विवरण तथा बजट पेश किया जाता है। ग्राम-सभा के प्रत्येक सदस्य को ग्राम-पंचायत का हिसाब-किताब जानने, समझने तथा परखने का अधिकार है। ग्राम-पंचायत स्तर पर प्रधान तथा उप-प्रधान रहते हैं। प्रायः ग्राम-पंचायत में एक सचिव तथा चौकीदार होते हैं। ग्राम-पंचायत स्तर पर प्रधान के पास ही सभी आर्थिक अधिकार होते हैं। वह अपने बैंक से पैसा निकाल सकता है। ग्राम या ग्रामों के विकास कार्यों का संचालन वह स्वयं ही करता है। वह जनता का प्रतिनिधि, सरकारी सेवक तथा ग्राम-पंचायत के कार्यों के लिए स्थायी नियुक्त ठेकेदार है। उस एक ही व्यक्ति में सभी स्वरूप समाहित हैं। यही कारण है

कि ग्राम-पंचायत की बचत बही (सेविंग्स पास बुक) लेकर प्रधान साहब इस गर्व के साथ गाँव में घूमते हैं जैसे जनता, राज्य सरकार तथा केंद्रीय सरकार उनकी जेब में हों। वह क्यों न करें? जनता के साथ वास्तविक संपर्क ग्राम-पंचायत के माध्यम से ही हो सकता है तथा पंचायत के कार्यों में जनता की प्रभावी भागीदारी केवल ग्राम-पंचायत संस्था के ही माध्यम से की जा सकती है।

पश्चिम बंगाल में चुने हुए प्रतिनिधि ही तीनों स्तरों पर पंचायत प्रमुखों का चुनाव करते हैं। उस क्षेत्र के विधायक तथा सांसद भी पंचायत समिति स्तर पर पंचायत समिति के पदेन सदस्य होते हैं। इसी प्रकार जिला परिषद में जिले के सभी विधायक तथा सांसद पदेन सदस्य होते हैं, पर इन दोनों स्तरों पर मंत्रिगण पंचायत के पदेन सदस्य नहीं हो सकते हैं।

पश्चिम बंगाल में प्रारंभ में पंचायतें चार वर्ष के लिए चुनी जाती थीं, अब अध्याय 9 के अनुसार, उनकी अवधि बढ़ाकर पाँच वर्ष कर दी गई है।

पश्चिम बंगाल में सन् 1978 में पहली बार पंचायतों के चुनाव हुए। इसके बाद वहाँ पंचायतों के चुनाव लगातार तथा नियमित हो रहे हैं। इस प्रकार जनता के हाथों में काफी हद तक सत्ता तथा विकास के काम सौंप दिए गए हैं।

राज्य में पंचायती राज की विशेषताएँ

पश्चिम बंगाल में वामपंथी शासन लगभग पच्चीस वर्ष से है। केंद्र एवं राज्यों में कई सरकारें आईं तथा गईं, पर शिक्षित और सचेत राज्य में इतने समय तक निरंतर वामपंथी शासन का रहना अपने आप में अद्वितीय उदाहरण है। इसका मुख्य कारण वामपंथी सरकार द्वारा अपने शासन के प्रथम कुछ वर्षों में आमूल-चूल भूमि-सुधार तथा पंचायती राज संस्थानों को सुदृढ़ करना रहा है। आज प्रत्येक व्यक्ति अपनी समस्या के समाधान या गाँव के विकास के लिए स्थानीय पंचायत की ओर देखता है, उसे नौकरशाही या अमला तंत्र से कोई मतलब नहीं है।

हालाँकि पश्चिम बंगाल में पंचायतों का चुनाव दलीय आधार पर होता है, मगर निर्वाचित प्रतिनिधियों को अपने राजनीतिक दलों, विशेषकर सी.पी.एम., के नेताओं की ओर से कड़े निर्देश रहते हैं कि वे प्रशासन में दलीय या पक्षपातपूर्ण दृष्टि न रखें।

राज्य में पंचायतों के प्रतिनिधि प्रायः सभी वर्गों एवं जातियों के हैं। पंचायत समिति तथा जिला परिषदों में अध्यक्ष और पंचायत की उप-समितियों के अध्यक्ष प्रायः शिक्षित एवं समझदार व्यक्ति ही चुने जाते हैं, ताकि वे सरकारी नीतियों को

समझ सकें और उन्हें स्थानीय लाभ के लिए परिवर्तित करके लागू कर सकें।

राज्य में पंचायत प्रशासन का काम प्रायः पूर्णकालिक हो गया है। अतः वे ही लोग पंचायतों में पदों को ग्रहण करते हैं, जिनके पास समय तथा इच्छाशक्ति है।

दलीय स्तर पर पंचायत नेतृत्व पर दलीय नेताओं की पूर्ण पकड़ रहती है। अतः भ्रष्टाचार या पक्षपात में लिप्त पाए गए पंचायत के कर्ताओं के विरुद्ध संबंधित राजनीतिक दल द्वारा आवश्यक अनुशासनात्मक कार्रवाई की जाती है। सरकारी कार्रवाई में तो वर्षों बीत जाते हैं। भ्रष्टाचार में लिप्त कई पंचायतों के पदाधिकारियों को तो उनके राजनीतिक दलों ने निष्कासित कर दिया है। अतः स्वभावतः पंचायत में आकर कोई अपने राजनीतिक भविष्य का रास्ता बंद नहीं करना चाहेगा।

वहाँ पंचायतों के प्रतिनिधि योजनाओं के विषय में अपने गाँव में या दलीय स्तर पर परामर्श करते हैं तथा विभिन्न योजनाओं के कार्यान्वयन में स्थानीय स्तर की देख-रेख समिति भी नियुक्त की जाती है, ताकि योजनाओं के कार्यान्वयन में होनेवाले घपलों, धाँधली तथा भ्रष्टाचार को रोका जा सके या कम किया जा सके।

इस राज्य में पंचायत व्यवस्था की सफलता के दो मुख्य कारण हैं—(1) पंचायत समिति तथा जिला परिषद में निर्णय उप-समितियों के माध्यम से लिये जाते हैं। अतः इन निर्णयों में जनता की अप्रत्यक्ष भागीदारी सुनिश्चित हो जाती है। इन समितियों के अध्यक्ष को 'कार्याध्यक्ष' कहा जाता है। (2) पंचायत के पदों पर प्रायः स्थानीय शिक्षक गण होते हैं, जो प्रायः शिक्षित तथा जागरूक व्यक्ति होते हैं। इन कारणों से पंचायतों को अवैतनिक, मगर शिक्षित नेतृत्व सहज ही प्राप्त हो जाता है, जो आजकल अन्य किसी राज्य शासन-प्रणाली के माध्यम से असंभव है। इस प्रकार राज्य के शासन में निम्नतम स्तर तक प्रजातंत्र की जड़ें जम चुकी हैं।

राज्य में पंचायत व्यवस्था की कमियाँ

पश्चिम बंगाल की पंचायतों में भी प्रायः मध्यम वर्ग का दबदबा है। जो शिक्षक पंचायतों की व्यवस्था के केंद्र में हैं, वे वस्तुतः विद्यालयों में नहीं पढ़ाते हैं, क्योंकि एक व्यक्ति एक ही समय दो स्थानों पर काम नहीं कर सकता है। इससे पंचायतों की कार्य-प्रणाली में अत्यधिक विलंब होता है। किसी योजना का आवंटन प्राप्त होने के पश्चात् मीटिंग बुलाई जाती है। फिर मीटिंग के बाद निर्णय लिखा जाता है। कहा जाता है कि मीटिंग, ईटिंग और फिर हीटिंग (अर्थात् मीटिंग में काफी गरमागरमी होती है) के बाद वह निर्णय उप-समिति के बाद मुख्य सभा द्वारा पारित होता है। इस प्रक्रिया में प्रायः योजना के कार्यान्वयन के लिए उत्तम समय हाथ से निकल जाता

है। यह देखा जाता है कि इस कारण पंचायतों द्वारा कार्यान्वित योजनाएँ, विशेषतः पंचायत समितियों तथा जिला परिषदों द्वारा, प्रति वर्ष जनवरी अर्थात् वित्तीय वर्ष के नौ मास निकलने के बाद शुरू हो पाती हैं।

राज्य में दलीय आधार पर पंचायतों के चुनाव होने के कारण गाँव में विभाजन की रेखा खिंच जाती है। इस कारण प्रायः एक दल के लोगों को ही विकास का निरंतर लाभ पहुँचता रहता है।

राज्य में राजनीतिक रंग तथा शक्ति इतनी अधिक है कि पंचायतों में कार्यरत सरकारी अधिकारी स्वयं को निरीह एवं अप्रभावी मानते हैं। इस कारण गाँवों में नई तकनीकी तथा नए वैज्ञानिक साधन नहीं पहुँच रहे हैं।

पंचायत का नेतृत्व इतना प्रभावशाली तथा क्षमता-संपन्न हो गया है कि गाँव में उनकी आज्ञा के बिना पत्ता भी नहीं हिलता है। पंचायती राज का अर्थ यह नहीं है कि ग्रामीण जनता की भागीदारी तथा मौलिकता को नष्ट कर दिया जाए और गाँव में ब्रिटिश राज्य जैसा कोई अन्य निरंकुश शासन कायम किया जाए।

राज्य में पंचायतों के आकलन के लिए स्थापित दो सदस्यीय मुखर्जी तथा बंदोपाध्याय समिति ने सन् 1993 में निम्नलिखित सुझाव दिए—

1. पंचायतों को अपने स्तर से भी कुछ करों या फीस की अदायगी करनी चाहिए, ताकि पंचायत के विकास कार्यों में जन भागीदारी बढ़े।
2. पंचायतों में अनुसूचित जाति, जनजाति तथा निर्धन व्यक्तियों को और अधिक प्रतिनिधित्व प्राप्त होना चाहिए।
3. पंचायत समिति तथा जिला परिषद की प्रणाली के आधार पर ग्राम-पंचायतों में भी विभिन्न सदस्यों को कुछ विभागों का दायित्व देना चाहिए, ताकि ग्राम-पंचायत स्तर पर ग्राम-सभा संसद के अतिरिक्त यथार्थ विकेंद्रीकरण हो सके।
4. पंचायतों तथा सरकार के मध्य कोई मध्यस्थ संस्था नहीं है। सरकार तथा जिला परिषद के बीच जिला परिषद काउंसिल का गठन होना चाहिए, जो राज्य स्तर पर जिला परिषदों एवं सरकार के बीच समन्वय कर सके, मतभेद दूर कर सके तथा दीर्घकालीन लंबित मामलों का तुरंत फैसला कर सके।
5. पंचायतों के हिसाब-किताब की देखभाल के लिए एक पूर्णकालिक महालेखाकार की नियुक्ति होनी चाहिए, क्योंकि प्रायः सरकार की आधी धनराशि पंचायतों के माध्यम से खर्च हो रही है।

6. पंचायतों में खाली स्थानों की पूर्ति हेतु उपचुनाव नियमित होने चाहिए।
7. सरकारी तंत्र के एक बड़े अंश को पंचायत प्रशासन के सुपुर्द कर देना चाहिए।
8. पंचायत के प्रतिनिधियों के नियमित प्रशिक्षण की व्यवस्था करनी चाहिए।

उपर्युक्त समिति के कई सुझाव संविधान के भाग 9 तथा 9 (क) में सन् 1993 में जोड़ दिए गए। अतः उनकी सविस्तार चर्चा यहाँ नहीं की गई है। पश्चिम बंगाल की पंचायत व्यवस्था देश में एक आदर्श व्यवस्था मानी जा सकती है, यद्यपि उसमें भी कई सुधारों की आवश्यकता है। इस राज्य की पंचायत व्यवस्था का मॉडल अन्य राज्य अपना सकते हैं।

महाराष्ट्र में पंचायती राज

महाराष्ट्र भारत का एक समृद्ध राज्य है, जिसमें शहरी क्षेत्र अन्य राज्यों से अधिक है, मगर वहाँ पंचायती राज संस्थाएँ भी शक्तिशाली हैं। वहाँ ये संस्थाएँ काफी वर्षों से कार्यरत हैं। अब तो वे प्रशासन का अविभाज्य अंग बन चुकी हैं। बंबई ग्राम-पंचायत अधिनियम, 1958 तथा महाराष्ट्र जिला परिषद एवं पंचायत समिति अधिनियम, 1961 महाराष्ट्र में पंचायत-संस्थाओं के स्वरूप के आधार-स्तंभ हैं। महाराष्ट्र में जिला परिषद तथा पंचायत समितियों की स्थापना श्री वी.पी. नाईक समिति की रपट के बाद हुई। राज्य में प्रखंड स्तर पर पंचायत समिति को जिला परिषद का ही एक प्रशासकीय अंग माना जाता है। राज्य में पंचायती राज की तीन स्तरीय संरचना इस प्रकार है—

ग्राम-पंचायत ➪ पंचायत समिति ➪ जिला परिषद।

राज्य में विकास कार्यों की केंद्र-बिंदु ग्राम-पंचायत है। पंचायत समिति में सरपंचों का ग्राम-पंचायतों से निर्धारित प्रतिनिधित्व है, जबकि जिला परिषद में पंचायत समिति के सभापति रहते हैं। जिला परिषद के सदस्य पंचायत समिति में प्रतिनिधित्व करते हैं।

पंचायती राज संस्थाओं की संरचना

(क) जिला परिषद—जिला परिषद में एक सदस्य चालीस हजार से कम जनसंख्या का प्रतिनिधित्व करता है। प्रायः जिले की एक जिला परिषद में सदस्यों की संख्या चालीस से साठ तक रहती है।

(ख) पंचायत समिति—पंचायत समिति के सीधे चुनाव में अनुसूचित जाति तथा

उपजाति का भी सम्यक् प्रतिनिधित्व रहता है।

(ग) **ग्राम-पंचायत**—प्रत्येक ग्राम-पंचायत में कम-से-कम सात तथा अधिक-से-अधिक पंद्रह सदस्य रहते हैं। महिलाओं के लिए दो स्थान आरक्षित रहते हैं। अनुसूचित जाति तथा अनुसूचित जनजाति के लिए क्षेत्र में उनकी जनसंख्या के अनुपात में सीटें आरक्षित रहती हैं। 73वें संविधान संशोधन के अनुसार महिलाओं को तैंतीस प्रतिशत आरक्षण उपलब्ध है। जिले के विधायक तथा सांसद जिला स्तर पर जिला नियोजन तथा विकास समिति के पदेन सदस्य हैं, ताकि वे भी जिले में विकास की प्रक्रिया से संबद्ध रहें।

पंचायती राज संस्थाओं के अधिकार और कर्तव्य

प्रत्येक जिला परिषद में एक मुख्य समिति तथा सात विषय समितियाँ होती हैं। सात उप-समितियाँ हैं—वित्त, कार्य (वर्क्स), कृषि, समाज-कल्याण, शिक्षा, स्वास्थ्य तथा दुग्ध एवं पशुपालन।

मध्यम स्तर पर जिला परिषद तथा ग्राम-पंचायतों को जोड़ने का काम पंचायत समिति करती हैं।

जिला परिषद अधिनियम की धारा 125-127 में यह कहा गया है कि किस प्रकार पंचायत समिति तथा जिला परिषद विकास-संबंधी योजनाओं का अनुमोदन तथा कार्यान्वयन करेंगी। धारा 127 के अनुसार, राज्य सरकार को तथा उसके अधिकारी को यह शक्ति प्रदान की गई है कि वह जिला परिषद तथा पंचायत समिति के कार्यों का निरीक्षण कर सकता है तथा तकनीकी सलाह दे सकता है। धारा 128 में कहा गया है कि किस प्रकार जिला परिषद या पंचायत समिति धनराशि का उपयोग कर सकती है तथा संपत्ति आदि की खरीद, बिक्री या स्थानांतरण कर सकती है।

महाराष्ट्र के पंचायत अधिनियम में संविधान की संरचना के आधार पर पंचायत तथा नौकरशाही में चेक एवं बैलेंस प्रणाली को रखा गया है। निर्धारित अधिकारी की अनुमति के बिना कोई भी निविदा स्वीकृत नहीं की जा सकती है। दूसरी ओर पंचायत प्रशासन में भी पंचायत समिति तथा जिला परिषद के अध्यक्ष एवं उप-समितियों के बीच शक्ति-संतुलन रखा गया है। स्टैंडिंग समिति को यह अधिकार है कि वह किसी भी विषय की उप-समिति के निर्णय को देख सकती है; पर उसमें भी उप-समिति के अध्यक्ष सदस्य रूप में होंगे तथा उन्हें सफाई देने का अवसर दिया जाएगा। जिला परिषद या पंचायत समिति के अध्यक्ष को स्टैंडिंग समिति का अध्यक्ष बनाकर सभी उप-समितियों पर जिला परिषद तथा पंचायत समिति का नियंत्रण रखा

गया है। धारा 79 और 80 द्वारा क्रमशः स्टैंडिंग कमेटी तथा विषय उप-समिति को परिभाषित किया गया है। जिला परिषद अधिनियम की धारा 121 में पंचायत के निर्णय लेने में विलंब को दूर करने का उपाय बताया गया है। यदि स्टैंडिंग कमेटी या विषय समिति को यह ज्ञात होता है कि कोई निर्णय लेना अति आवश्यक है, वह स्वयं किसी सदस्य के सुझाव पर या कार्यकारी अधिकारी की सलाह पर किसी बिंदु पर प्रस्ताव को सदस्यों के पास भेजकर कार्य-विवरण को अनुमोदित करा सकती है, जैसा संविधान में राज्यपाल अथवा राष्ट्रपति के पास अध्यादेश जारी करने का अधिकार है। विलंब हमारी विकास योजनाओं का सबसे बड़ा दुश्मन है। अतः उसको दूर रखने का उपाय भी प्रत्येक अधिनियम में अति आवश्यक है।

इसी प्रकार जिला परिषद को यह अधिकार है कि धारा 54 के अनुसार जिला परिषद का अध्यक्ष मुख्य कार्यकारी अधिकारी के ऊपर प्रशासनिक देख-रेख तथा उसका नियंत्रण कर सकता है। वह आपातकाल में कोई भी पंचायत-संबंधी निर्णय ले सकता है, विशेषतः तब, जब राज्य सरकार ने जिला फंड से कोई योजना कार्यान्वित करने का आदेश दिया है; पर उसके द्वारा लिया गया यह निर्णय जिला परिषद की स्थायी (स्टैंडिंग) समिति या विषय समिति द्वारा निरस्त अथवा संशोधित किया जा सकता है। (धारा 54 (4)) यह प्रावधान जिला परिषद या पंचायत समिति के अध्यक्षों द्वारा अधिकारों का दुरुपयोग करने से रोकने के लिए सक्षम है। दूसरी ओर जिला परिषद तथा पंचायत समिति के निर्णयों में मितव्ययिता सुनिश्चित करने के लिए वित्त समिति स्थापित की गई है।

डिस्ट्रिक्ट फंड

यह सुरक्षित निधि या कोष जिला परिषद का अपना कोष होता है, जिसपर जिला परिषद के नियंत्रण में काफी स्वायत्तता दी गई है। उसमें जिला परिषद द्वारा उगाही गई आय और करों द्वारा प्राप्त धनराशि, लिया गया ऋण तथा राज्य सरकार द्वारा दी गई सहायता, अनुदान आदि सम्मिलित हैं। यह कोष किसी बैंक या सरकारी कोषागार में रखा जाएगा। आजकल एजेंसी की भाँति किए कार्यों के कारण काफी धनराशि इस कोष में जमा होती है, क्योंकि सभी विभाग नई-नई योजनाओं को जिला परिषदों तथा पंचायत समितियों के माध्यम से कार्यान्वित कराते हैं। इस समय पंचायतों के माध्यम से योजनाएँ क्रियान्वित कराने का ज्वार आया हुआ है। इसी निधि से जिला परिषद का खर्च चलता है, पर राज्य सरकार का भी आवश्यक नियंत्रण इस निधि पर रहता है। प्रतिनिधि (एजेंसी) के रूप में काम करने पर

पंचायत को उस योजना से संबंधित सभी नियमों या निर्देशों का पालन कड़ाई से करना पड़ता है।

संविधान के भाग 9 तथा भाग 9 (क) के अनुसार तो अब पंचायतों के पास काफी अधिक विषय (अधिकार) आ गए हैं। अतः पूर्व के विषयों की गणना करना अनावश्यक है। उसी प्रकार विकेंद्रीकृत योजना की व्यवस्था भी अनुच्छेद 243 (य, घ) में दी गई है।

महाराष्ट्र में एक राज्य स्तरीय स्वशासन परिषद गठित की गई है, जो मुख्यमंत्री की अध्यक्षता में संपूर्ण पंचायती राज संस्थाओं के कार्य की समीक्षा तथा देख-रेख करेगी। सरकार के मुख्य सचिव इसके सदस्य सचिव तथा ग्रामीण विकास मंत्री इसके उप-सभापति होंगे। उसकी सहायता करने के लिए निम्नलिखित संगठन हैं—

1. स्वशासन सेवा आयोग
2. स्वशासन वित्तीय आयोंग
3. स्वशासन वित्तीय निगम
4. स्वशासन अन्वेषण तथा प्रशिक्षण संस्थान
5. स्वशासन प्रशासनिक पंचाट (ट्रिब्यूनल)।

यद्यपि संविधान के भाग 9 में वित्तीय आयोग के गठन की अनिवार्यता के कारण स्वशासन वित्तीय आयोग को अब संवैधानिक दर्जा मिल गया है, पर अन्य राज्यों को राज्य स्तर पर इस प्रकार पंचायती संस्थाओं के स्वास्थ्य की देख-रेख करने के लिए राज्य स्तरीय पंचायतों की परिषद गठित करनी चाहिए, ताकि पंचायती संस्थाएँ पूर्ण राजनीतिक इच्छा-शक्ति के साथ नागरिकों के जीवन स्तर को ऊँचा करने के लिए तेजी से कार्य कर सकें।

कर्नाटक का पंचायती राज तंत्र

कर्नाटक राज्य की स्थापना 1 नवंबर, 1956 को हुई थी। यह क्षेत्रफल के लिहाज से भारत का सातवाँ राज्य है। इस राज्य की लगभग सत्तर प्रतिशत जनसंख्या गाँवों में रहती है। राज्य के गाँवों की औसत जनसंख्या एक हजार है।

कर्नाटक ग्राम-पंचायत एवं स्थानीय बोर्ड अधिनियम, 1959 के द्वारा कर्नाटक में तालुका विकास बोर्ड तथा ग्राम-पंचायतों की स्थापना हुई। इसके द्वारा विकास खंड तथा जिला प्रशासन की प्राथमिकता रही। जिलाधिकारी जिला विकास परिषद तथा प्रखंड विकास अधिकारी तालुका विकास परिषद का मुख्य कार्यकारी अधिकारी बना रहा।

सन् 1985 में कर्नाटक पंचायती राज अधिनियम द्वारा प्रजातांत्रिक विकेंद्रीकरण की प्रक्रिया प्रारंभ हुई। कर्नाटक में निम्न स्तरों पर पंचायती संस्थाओं की व्यवस्था है—

ग्राम-सभा ➩ मंडल-पंचायत ➩ तालुका-पंचायत ➩ जिला परिश्रद

ग्राम-सभा

ग्राम-सभा प्रत्येक ग्राम में निर्वाचक मंडल की संपूर्ण सभा है, जो वर्ष में कम-से-कम दो बार सामान्य सभा आहूत करती है। राज्य सरकार यह प्रयत्न करती है कि ग्राम-सभा के समस्त सदस्यों, अर्थात् ग्राम की विधानसभा या ग्राम-संसद की मीटिंग वर्ष में चार-पाँच बार हो, जिसमें ग्राम या ग्रामों के विकास के विषय में योजनाएँ बन सकें तथा ग्रामवासियों को ग्राम-विकास की योजनाओं के विषय में आवश्यक जानकारी प्राप्त हो सके, क्योंकि ग्राम-सभा में किए गए कार्यों का पूरा लेखा-जोखा प्रस्तुत करना अनिवार्य होता है।

मंडल-पंचायत

यह पंचायती राज की प्रथम निर्वाचित संस्था है। प्रत्येक चार सौ जनसंख्या के पीछे इसकी एक सीट रहती है। मंडल के अंतर्गत उन ग्रामों का समूह आता है, जिसकी जनसंख्यां सन् 1981 की जनगणना के अनुसार आठ हजार से बारह हजार के बीच थी। इनमें पच्चीस प्रतिशत सीटें महिलाओं के लिए तथा अठारह प्रतिशत अनुसूचित जाति एवं जनजाति के लिए आरक्षित थीं। आजकल इस आरक्षण का प्रतिशत बढ़ गया है।

तालुका पंचायत समिति

यह पूर्णतः नामांकित सदस्यों द्वारा बनी संस्था है। इसमें मंडल-पंचायत के सभी प्रधान, सभी विधायक, उस क्षेत्र के जिला पार्षद तथा जिला परिषद द्वारा पाँच अनुसूचित जाति, जनजाति, पिछड़ी जाति अथवा महिलाओं से नामांकित प्रतिनिधि तथा कुछ स्थानीय विकास संस्थाओं के अध्यक्ष रहते हैं। तालुका के सबसे बड़े क्षेत्र का विधानसभा सदस्य तालुका पंचायत समिति का पदेन अध्यक्ष होता है। संविधान में नए जुड़े भाग 9 के अनुसार तालुका पंचायत की संरचना में अंतर आया है, क्योंकि भाग 9 के अनुसार, पंचायत के सभी स्तरों पर अधिक-से-अधिक निर्वाचित प्रतिनिधि होने चाहिए।

जिला परिषद

यह जिला स्तर पर निर्वाचित पंचायत संस्था है। यह जिला स्तर पर विकास

तथा कल्याणकारी कार्यों की सर्वोच्च संस्था है। जिला परिषद जिले से चुने हुए प्रतिनिधियों की सर्वोच्च संस्था है। जिले से चुने हुए विधायक तथा सांसद जिला परिषद में पदेन सदस्य होते हैं, पर वे परिषद में कोई पद ग्रहण नहीं कर सकते हैं। जिला परिषद के अध्यक्ष तथा उपाध्यक्ष का चुनाव इसके सदस्यों द्वारा किया जाता है। जिला परिषद का अध्यक्ष इसका कार्यकारी अध्यक्ष होता है तथा उसका दर्जा प्रदेश के राज्यमंत्री के समान होता है।

राज्य विकास परिषद

राज्य के सर्वोच्च स्तर पर राज्य विकास परिषद का गठन होता है, जिसकी अध्यक्षता स्वयं राज्य के मुख्यमंत्री करते हैं। इसमें जिला परिषद के सभी अध्यक्ष, छह राज्यमंत्री तथा विकासायुक्त पदेन सदस्य सचिव हैं। यह परिषद कम-से-कम तीन माह में एक बार बैठक करती है तथा राज्य में पंचायत संस्थाओं के कार्यों की समीक्षा करती है।

न्याय-पंचायत

इस अधिनियम में न्याय-पंचायतों की भी अवधारणा सन्निहित है। इसमें कुल पाँच सदस्य होते हैं, जिसमें तीन क्रमशः अनुसूचित जाति, जनजाति तथा महिलाओं के लिए आरक्षित हैं।

मंडल-पंचायत द्वारा योजना तैयार करने के बाद प्रायः जिला पंचायत संस्था अर्थात् जिला परिषद संशोधित नहीं करती है। इसी प्रकार जिला परिषद द्वारा तैयार की गई योजना में राज्य सरकार भी बहुधा संशोधन नहीं करती।

जिला अधिकारी तथा जिले के सभी अधिकारियों का दायित्व है कि वे जिला परिषदों की सभाओं में उपस्थित रहें।

इस प्रकार जिला स्तर पर सरकार की स्थापना होने से विधानसभा सदस्यों का महत्त्व काफी कम हो गया है।

उत्तर प्रदेश में पंचायतों की स्थिति

उत्तर प्रदेश भारत का सबसे बड़ा प्रांत है। वहाँ पर पंचायत व्यवस्था भी 'संयुक्त प्रांत पंचायती राज अधिनियम, 1947' के अंतर्गत सर्वप्रथम लागू हुई। यह अधिनियम सन् 1950, 1952 और 1954 में संशोधित किया गया।

ग्राम-पंचायत

एक हजार की जनसंख्यावाले प्रत्येक ग्राम अथवा ग्राम समूह के लिए एक ग्राम-सभा होती है। ग्राम-सभा के क्षेत्र में रहनेवाले सभी वयस्क उसके आजीवन सदस्य होते हैं। ग्राम-सभा की कार्यकारिणी को ही 'ग्राम-पंचायत' कहा जाता है। इसमें तीस से इक्यावन तक सदस्य होते हैं। वे प्रत्यक्ष निर्वाचन द्वारा चुने जाते हैं। चुनाव संयुक्त निर्वाचन पद्धति से होता है। प्रधान व उप-प्रधान ग्राम-सभा द्वारा चुने जाते हैं। अल्पसंख्यकों तथा अनुसूचित जातियों के लिए स्थान सुरक्षित रहते हैं।

जमींदारी उन्मूलन के बाद भूमि-सुधारों को लागू करने में ग्राम-पंचायतों ने महत्त्वपूर्ण भूमिका निभाई। भूमि-प्रबंध समितियाँ ग्राम-पंचायतों की ही कार्यकारिणी समितियाँ होती हैं। बंजर भूमि तथा सब प्रकार की अन्य सरकारी संपत्ति ग्राम-सभाओं को सौंप दी गई है, जो प्रायः ग्राम-पंचायत के समानांतर ही है या ग्राम-पंचायत की एक उप-समिति है (धारा 285)। प्रधान एवं उप-प्रधान भूमि-प्रबंधक समिति के क्रमशः सभापति और उप-सभापति होंगे तथा उस क्षेत्र का लेखपाल उसका सदस्य सचिव होगा।

उत्तर प्रदेश में ग्राम-पंचायत की सबसे बड़ी विशेषता यह है कि यहाँ उप-समितियों का प्रावधान है तथा प्रधान एवं उप-प्रधान को निरंकुश अधिकार नहीं है। यह ग्राम स्तर पर प्रजातंत्र को बल देनेवाली व्यवस्था है।

प्रत्येक ग्राम-पंचायत अपने कृत्यों के संपादन में सहायता पाने के लिए निम्नलिखित समितियों को गठित करेगी—

(क) अनुसूचित जातियों, जनजातियों और पिछड़े वर्गों के आर्थिक, सामाजिक व सांस्कृतिक हितों की उन्नति समता-समिति सुनिश्चित करेगी। यह समिति समन्वय का काम करेगी।

(ख) कृषि उत्पादन, पशुपालन, ग्रामीण उद्योग और गरीबी उन्मूलन कार्यक्रमों से संबंधित कृत्यों के लिए विकास समिति।

(ग) प्राथमिक शिक्षा की उन्नति और विकास से संबंधित कृत्यों के लिए ग्राम शिक्षा समिति।

(घ) लोक-स्वास्थ्य तथा लोक-निर्माण से संबंधित कृत्यों और ग्राम-पंचायत के अन्य कृत्यों के लिए लोकहित समिति।

प्रत्येक समिति में एक सभापति और दो से अधिक तथा चार से कम सदस्य होंगे। ग्राम प्रधान विकास समिति, लोकहित समिति और ग्राम शिक्षा समिति का पदेन सदस्य और सभापति होगा तथा उप-प्रधान समता समिति का पदेन सदस्य और

सभापति होगा। समिति के अन्य सदस्य ग्राम-पंचायत के सदस्यों द्वारा निर्वाचित किए जाएँगे।

अभिलेख आदि देने में उपेक्षा करने पर दंड

धारा 14 (क) के अनुसार, यदि कोई प्रधान, सरपंच या सहायक सरपंच के रूप में कार्य की समाप्ति पर ग्राम-सभा, ग्राम-पंचायत या न्याय-पंचायत के सभी अभिलेख, धनराशि या अन्य संपत्ति अपने उत्तराधिकारी या नियत प्राधिकारी द्वारा ऐसा करने की उपेक्षा किए जाने पर भी जानबूझकर चूक या उपेक्षा करता है तो वह कारावास द्वारा, जो तीन वर्ष तक का हो सकता है, या जुर्माने से अथवा दोनों से दंडनीय होगा।

न्याय-पंचायत

उत्तर प्रदेश में पंचायतों की व्यवस्था की तीसरी विशेषता न्याय-पंचायत की अनिवार्य रूप से स्थापना है।

कुछ (तीन से पाँच) ग्राम-सभाओं को मिलाकर न्याय-पंचायत सर्किल बनाए गए हैं। हर ग्राम-सभा पाँच पंच चुनती है। इस तरह बीस-पच्चीस पंचों का मंडल बन जाता है। हर बात के लिए सरपंच पाँच पंचों की पीठिका (बेंच) नियुक्त करता है। इनको अविश्वास प्रस्ताव पास करके हटाया जा सकता है। वाद सुनने के अधिकार भारतीय दंड संहिता की कुछ धाराओं तक सीमित हैं। दीवानी के पचास रुपए मूल्य तक के वाद सुने जा सकते हैं। इसमें सौ रुपए से अधिक का जुर्माना नहीं किया जा सकता। पंचायती अदालत कैद का दंड नहीं दे सकती; तहसील का अफसर पंचायतों के फैसले के पुनर्विचार के लिए कह सकता है। फैसले के विरुद्ध अपील नहीं हो सकती। इनमें वकील पैरवी नहीं कर सकता। मतभेद होने पर निर्णय बहुमत द्वारा होता है। जुर्माने सरकार की मदद से वसूल किए जा सकते हैं। न्याय-पंचायत का खर्च बराबर के भाग में वृत्त (सर्किल) की ग्राम-पंचायतों द्वारा दिया जाता है।

पंचायतों के अधिकार तथा कर्तव्य

पंचायतों के अनिवार्य कर्तव्य हैं—सार्वजनिक रास्तों की देखभाल और सुधार, विद्युतीकरण, चिकित्सा-संबंधी सहायता, जन्म और मृत्यु का पंजीयन, सफाई और प्राथमिक शिक्षा का प्रबंध।

पंचायतों के ऐच्छिक कर्तव्य हैं—वृक्षारोपण, पशु-वंश विकास, गाँव की सुरक्षा

के लिए ग्राम स्वयंसेवक दल का संगठन, सहकारिता का विकास, अकाल-पीड़ितों की सहायता, पुल व पुलियों का निर्माण, सफाई, स्कूलों व अस्पतालों का सुधार इत्यादि।

पंचायतों को कर लगाने, भूमि हस्तगत करने तथा कार्य-संपादन के लिएं उधार लेने आदि के अधिकार दिए गए हैं।

आय के साधन

पंचायतों को निश्चित कर लगाने के अधिकार दिए गए हैं, यथा—सीर, खुद काश्त व काश्त की भूमि के लगान पर कर, व्यापारों तथा मकानों पर कर। अन्य साधन हैं—फीस, दंड, अनुदान तथा लाइसेंस फीस।

क्षेत्र समिति एवं जिला परिषद

क्षेत्र समिति और जिला परिषद अधिनियम, 1961 के अनुसार सौ ग्राम-पंचायतें मिलकर एक क्षेत्र समिति बनाती हैं, जिसमें सभी ग्राम-पंचायतों के प्रधान, टाउन एरिया के अध्यक्ष, दो से पाँच तक सहकारी समितियों के प्रतिनिधि तथा उस क्षेत्र के सभी विधायक तथा सांसद इसके पदेन अध्यक्ष होते हैं। इसके प्रमुख तथा उप-प्रमुख पंचायत अध्यक्ष होते हैं। इसके लिए धन विकास खंड के बजट से उपलब्ध होता है।

इसी प्रकार परिषद में सभी क्षेत्र समितियों के प्रमुख, सभी नगर पालिकाओं के अध्यक्ष, क्षेत्र समितियों से जिला परिषद के लिए चुने जानेवाले प्रतिनिधिगण, जिला सहकारी संघ का अध्यक्ष, तीन सांस्कृतिक-साहित्यिक कार्यकर्ता, सभी सांसद, विधायक पदेन सदस्य। इसके अध्यक्ष तथा उपाध्यक्ष का चुनाव जिला परिषद के उपर्युक्त सदस्य करते हैं। जिला परिषद भी उप-समितियों के माध्यम से कार्य करती है। उप-समितियाँ प्रशासनिक, सार्वजनिक निर्माण, नियोजन तथा शिक्षा, जिला परिषद का अध्यक्ष वित्त तथा प्रशासनिक समिति का पदेन अध्यक्ष होता है। एक अतिरिक्त जिलाधिकारी उसका मुख्य कार्यकारी अधिकारी होता है, जो सभी विभाग तथा पंचायतों के कार्य में समन्वय स्थापित करता है। उ.प्र. पंचायती राज अधिनियम, 1994 में संविधान के भाग 9 के अनुसार प्रावधान रखे गए, जिनका वास्तविक रूप में कार्यान्वयन सन् 2000 में होना प्रारंभ हुआ है।

उ.प्र. पंचायत अधिनियम में यह कमी थी कि इसके अंतर्गत चुने हुए प्रधान तथा उप-प्रधान तब तक काम करते रहेंगे जब तक उनके उत्तराधिकारियों का चुनाव नहीं हो जाता। उ.प्र. में प्रथम बार ग्राम-पंचायतों का चुनाव 15 अगस्त, 1949 को हुआ था। सन् 1955 में न्याय-पंचायतों का गठन हुआ, जिन्होंने कई वर्षों तक

करोड़ों छोटे-छोटे मुकदमों का निबटारा किया। सन् 1961-62 में पंचायतों का तीसरा, 1972-73 में चौथा, 1982 में पाँचवाँ तथा 1990 में छठा चुनाव हुआ। इसके बाद सन् 1999 में चुनाव हुए। तब मुख्यमंत्री कल्याण सिंह ने पंचायती राज अधिनियम में आमूल-चूल परिवर्तन किए, उसे संविधान के भाग 9 के अनुरूप बनाया तथा प्रखंड स्तर पर भी पंचायतों में सीधे निर्वाचन की व्यवस्था की। उसी समय वित्त आयोग़ संबंधी धारा 32'क' के प्रावधानों को कड़ाई से या ईमानदारी से कार्यान्वित किया गया। फलस्वरूप उ.प्र. में स्वावलंबी पंचायतों का एक स्वरूप सामने आया। उ.प्र. में पंचायतों को सुचारु रूप से कार्य करने में सबसे बड़ी बाधा वित्त का अभाव है। राज्य में मंत्रियों तथा नौकरशाही के बीच मिलीभगत है। वे संपूर्ण वित्तीय तथा प्रशासनिक क्षमता को केंद्रित करके रखना चाहते हैं।

□

न्याय-पंचायत की अवधारणा

हमारे देश में पंचायतों की प्राचीन परंपरा है। प्राचीन काल में पंचायतों द्वारा ही देश का संचालन होता था। 'पंच ही परमेश्वर है' का आदर्श समाज में स्थापित था। ब्रिटिश शासन काल में पंचायत-परंपरा को तहस-नहस किया गया। स्वतंत्रता-प्राप्ति के पश्चात् हमारे लोकप्रिय नेताओं ने फिर पंचायतों का गठन किया।

महात्मा गांधी ने कहा है, "गाँव की सरकार पाँच व्यक्तियों की पंचायत होगी। ग्राम के सभी बालिग मिलकर पंचों को एक साल के लिए चुनेंगे। पंचों की कम-से-कम कुछ योग्यताएँ निर्धारित होंगी। अपने शासन काल में पंचायत एक साथ विधानसभा, अदालत और कार्यपालिका के रूप में कार्य करेगी।"

गांधीजी की भविष्यवाणी आज उस समय से अधिक प्रासंगिक है। आज न्यायालयों के प्रत्येक स्तर पर काफी अधिक संख्या में मुकदमे लंबित होने के कारण गरीबों में क्षमता नहीं है कि वे महकमा, जिला या अनुमंडल स्तर पर न्यायालयों में मुकदमेबाजी कर सकें। उच्च न्यायालय एवं उच्चतम न्यायालय स्तर पर जाने की बात तो वे सोच भी नहीं सकते हैं।

यदि निहित स्वार्थ के द्वारा भूमिहीन या बटाईदारों को बेदखल किया जाता है अथवा उन्हें अन्य तरीकों से तंग किया जाता है तो वे असहाय रहते हैं तथा हमारी अदालतों द्वारा उचित कागजी प्रमाण, साक्ष्य या उचित वकील के अभाव में उनके विरुद्ध निर्णय दे दिए जाते हैं। यदि तहसील या जिले स्तर पर न्यायालयों की संख्या बढ़ा भी दी जाती है तो गरीब लाभार्थियों को उससे लाभ नहीं मिल पाएगा, क्योंकि उनके पास मुकदमा लड़ने के लिए न तो वित्तीय साधन हैं और न कानूनी दाँव-पेंच की जानकारी।

न्याय-व्यवस्था का विकेंद्रीकरण न्यायिक एवं प्रशासनिक सुधार का एक अहम मुद्दा है। शीघ्र और सस्ता न्याय नहीं मिलने के कारण आज जनता में काफी असंतोष है। इसलिए पंचायती राज व्यवस्था के पुनर्गठन के साथ-साथ न्याय-पंचायतों का पुनर्गठन भी बहुत जरूरी है।

पुनर्गठन का महत्त्व छोटे-मोटे झगड़ों तथा विवादों के निबटारे के लिए और भी अधिक आवश्यक है, क्योंकि इनके निष्पादन के लिए अशिक्षित गरीबों का भरपूर शोषण होता है। उन्हें विभिन्न थानों, तहसीलों एवं अदालतों के चक्कर लगाने पड़ते हैं। इससे उनमें वैमनस्य बढ़ता है, गाँव का वातावरण विषाक्त होता है तथा इन छोटे-मोटे झगड़ों-फसादों में कभी-कभी भारी खून-खराबा भी हो जाता है।

इन सभी बातों को ध्यान में रखकर गाँवों की समस्याओं के समाधान के लिए अनेक राज्य सरकारों द्वारा न्याय-पंचायतों का गठन प्रस्तावित है।

संविधान का प्रावधान

संविधान के राज्य के नीति-निदेशक तत्त्व के भाग 4 में अनुच्छेद 39 (क) में यह प्रावधान है कि राज्य यह सुनिश्चित करेगा कि विधिक तंत्र इस प्रकार काम करे कि समान अवसर के आधार पर न्याय सुलभ हो और वह विशिष्टतया यह सुनिश्चित करने के लिए कि आर्थिक या किसी अन्य अयोग्यता के कारण कोई नागरिक न्याय प्राप्त करने के अवसर से वंचित न रह जाए।

अनुच्छेद 40 में राज्यों को यह निर्देश दिया गया है कि वे ग्राम-पंचायतों का संगठन करने के लिए कदम उठाएँ और उनको ऐसी शक्तियाँ तथा अधिकार प्रदान करें, जो उन्हें स्वायत्त शासन की इकाइयों के रूप में कार्य करने योग्य बनाने के लिए आवश्यक हों।

संविधान के इन्हीं निर्देशों का पालन करते हुए कई राज्यों ने न्याय-पंचायतों की स्थापना की। उ.प्र. पहला राज्य था, जिसमें उ.प्र. पंचायत राज्य अधिनियम, 1947 के माध्यम से न्याय-पंचायत संस्था की स्थापना की गई। न्याय-पंचायत की स्थापना क्षेत्र या प्रखंड स्तर पर थी। इसमें या तो पंच पंचायत समिति द्वारा चुने जाते थे अथवा अधिकारियों द्वारा मनोनीत होते थे। इन न्याय-पंचायतों को छोटे-छोटे दीवानी तथा फौजदारी मुकदमों के अतिरिक्त जमीन के माप आदि संबंधी विवादों को निबटाने का अधिकार था।

उत्तर प्रदेश में सन् 1949 से 1984 तक (पैंतीस वर्ष की अवधि में) न्याय-पंचायतों ने 47.32 लाख मुकदमों में से 37.3 लाख मुकदमों का निपटारा किया। 15 लाख मुकदमों में समझौता हुआ।

न्याय-पंचायत का गठन

बलवंत राय मेहता कमेटी ने अपनी रिपोर्ट में लिखा है—"कई राज्यों में ग्राम-

पंचायतों को कुछ फौजदारी और दीवानी मामलों में अदालती अधिकार दिए गए हैं, लेकिन कुछ कारणों से उनका कार्य संतोषजनक नहीं रहा है। अतः न्याय-पंचायतों का दायरा और बड़ा होना चाहिए।" दो-तीन ग्राम-सभा मंडलों को मिलाकर उनके लिए एक न्याय-पंचायत की स्थापना की सिफारिश भी की गई है। अतः प्रत्येक राज्य सरकार अथवा जिले में नियुक्त नियत अधिकारी जिले को सर्किलों में विभाजित करेगा और प्रत्येक सर्किल में एक न्याय-पंचायत की स्थापना करेगा।

न्याय-पंचायत द्वारा दीवानी और फौजदारी—दोनों मामलों का निपटारा करने का अधिकार होगा।

प्रत्येक न्याय-पंचायत में पाँच सदस्य होंगे, जो जिलाधिकारी द्वारा जिला न्यायाधीश के साथ विचार-विमर्श करने के बाद ग्राम-सभा सदस्यों के बीच से नामित किए जाएँगे।

इन पाँच सदस्यों में से दो सदस्य विशेष वर्ग के प्रतिनिधि होंगे। एक सदस्य अनुसूचित जाति, जनजाति या पिछड़ी जाति से होगा, जबकि दूसरा सदस्य एक महिला होगी।

सदस्य के पास कानून की डिग्री या किसी मान्यताप्राप्त विश्वविद्यालय की स्नातक डिग्री अवश्य होनी चाहिए अथवा उसे उक्त क्षेत्र का एक प्रतिष्ठित व्यक्ति होना चाहिए या वह कोई प्रतिष्ठित सामाजिक कार्यकर्ता हो।

कहीं-कहीं कुछ राज्यों में दो-तीन न्याय-पंचायतों के ऊपर प्रखंड न्याय-पंचायत की व्यवस्था है, जिसमें रिटायर्ड न्यायिक अधिकारी या वे सरकारी अधिकारी नियुक्त होंगे, जिन्होंने दंडाधिकारी की हैसियत से कम-से-कम तीन वर्ष तक काम किया हो।

न्याय-पंचायत की कार्य-प्रणाली

न्याय-पंचायतों में न्यायालयों की भाँति साधारणतया सिविल प्रक्रिया संहिता, 1908; दंड प्रक्रिया संहिता, 1973 तथा भारतीय साक्ष्य अधिनियम, 1872 नहीं लागू होगा।

पर राज्य सरकार आवश्यकतानुसार उपर्युक्त संहिता या अधिनियम के किसी प्रावधान को लागू करने की व्यवस्था कर सकती है।

न्याय-पंचायत का दीवानी क्षेत्राधिकार

न्याय-पंचायत निम्नलिखित दीवानी मुकदमों या विवादों को तय कर सकती है—

1. यदि रुपयों के लेन-देन का मामला पचास हजार से अधिक नहीं हो।
2. श्रमिक को मजदूरी का भुगतान करने का मामला।
3. मालिक एवं बटाईदार के भूमि-पट्टे का विवाद।
4. सिंचाई के मामले।
5. भूमि की हदबंदी एवं सिंचाई-संबंधी मामला।
6. पाँच एकड़ तक सूखी जमीन तथा ढाई एकड़ तक सिंचित जमीन की खरीद या बिक्री का मामला।
7. वैवाहिक तथा बच्चों की अभिरक्षा-संबंधी विभिन्न कौटुंबिक मामले।
8. भरण-पोषण संबंधी मामला।
9. दीवानी का ऐसा कोई मामला, जिसमें दोनों पक्षों ने मेल-मिलाप के माध्यम से निपटाने के लिए सम्मति प्रकट की हो।
10. चल संपत्ति को वापस लेने का मामला।
11. जानवरों के अतिक्रमण का मामला।
12. किसी भी अचल संपत्ति पर बकाया किराया वसूल करने का मामला।

न्याय-पंचायत का फौजदारी कार्यक्षेत्राधिकार

न्याय-पंचायत भारतीय दंड संहिता के अंतर्गत निम्नलिखित फौजदारी मामले सीधे या पुलिस की रपट पर सुन सकते हैं—

1. किसी भी सरकारी सेवक या सिपाही का भेष बनाकर धोखाधड़ी करना (धारा 170 एवं 172); दंगा करते हुए सड़क पर लड़ना (धारा 160)।
2. लोक जलस्रोत या जलाशय (जैसे—झरने या पानी की टंकी) को दूषित करना (धारा 277); उपेक्षापूर्ण कार्यों से बीमारियाँ फैलाना (धारा 269)।
3. पड़ोस में वायुमंडल को दूषित करके जन-स्वास्थ्य को हानि पहुँचाना (धारा 278)।
4. आम सड़क या नौ-परिवहन पथ में बाधा या संकट उपस्थित करना (धारा 283)।
5. खतरनाक पदार्थों या विषैले पदार्थों के साथ लापरवाही (खिलवाड़) करना, जिससे मानव-जीवन को खतरा हो (धारा 284)।
6. अग्नि या ज्वलनशील पदार्थ के संबंध में उपेक्षापूर्ण आचरण (धारा 285)।
7. विस्फोटक पदार्थों के साथ लापरवाही (धारा 286)।
8. मशीनरी के साथ लापरवाही (धारा 287)।

9. किसी इमारत को गिराने या उसकी मरम्मत करने में लापरवाही (धारा 288)।
10. जीव-जंतुओं के साथ लापरवाही, जिससे दूसरों को खतरा हो, (धारा 289)।
11. लोक-न्यूसेंस उत्पन्न करना (धारा 290)।
12. किसी सरकारी सेवक द्वारा लोक-न्यूसेंस चालू करना, जिसे इसे बंद करना चाहिए (धारा 291)।
13. सार्वजनिक स्थल में अश्लील कार्य या अश्लील गान (धारा 294)।
14. स्वेच्छया या उद्वेग में किसी व्यक्ति को चोट पहुँचाना (धारा 323, 334)।
15. किसी भी व्यक्ति के लिए अवरोध खड़ा करना (धारा 341)।
16. किसी व्यक्ति को घेरकर रखना (धारा 342)।
17. हमला या आपराधिक बल का प्रयोग करना, मारना (धारा 352, 358)।
18. किसी व्यक्ति को दैवी भय से आक्रांत कराना (धारा 508)।
19. मत्त व्यक्ति द्वारा सार्वजनिक स्थल पर खराब आचरण करना (धारा 510)।
20. चोरी करना, जिसमें चोरी की जानेवाली संपत्ति की कीमत पचास हजार रुपए से अधिक नहीं हो (धारा 379)।
21. बेईमानी द्वारा किसी की दी हुई संपत्ति हड़प लेना (धारा 403)।
22. किसी व्यक्ति की जमीन या घर में अनधिकार प्रवेश करना (धारा 447)।
23. किसी को जान से मारने या गंभीर चोट पहुँचाने के लिए आपराधिक धमकी देना (धारा 506)।
24. शब्दों या हरकतों अथवा कार्यों से किसी स्त्री की लज्जा का अनादर या इज्जत लूटने का प्रयत्न करना (धारा 509)।
25. जहाँ किसी संपत्ति का नुकसान रिष्टि (मिस्चीफ) द्वारा पचास हजार रुपए से अधिक नहीं हो (धारा 426)।
26. भरण-पोषण संबंधी मामले निबटाना (धारा 125 दंड प्रक्रिया संहिता)।

दीवानी मुकदमे की सुनवाई की प्रक्रिया

न्याय-पंचायत के सामने मुकदमा सुनवाई की प्रक्रिया अति सरल एवं स्पष्ट है।

1. प्रार्थी (वादी) अपने मामले को संक्षेप में लिखकर देगा। वह पक्ष-विपक्ष का नाम व पता भी लिखकर देगा। यदि निर्धारित प्रपत्र है तो वह उसमें अपना प्रार्थना-पत्र देगा।

2. न्याय-पंचायत के सामने सुनवाई के लिए कोई फीस देय नहीं होगी।
3. न्याय-पंचायत विपक्षी के पास प्रार्थना-पत्र की एक प्रतिलिपि भेजकर दोनों पक्षों को सुनेगी।
4. यदि मामला साधारण है तो न्याय-पंचायत उसी दिन दोनों को सुनकर एवं साक्ष्य नोट करके निर्णय सुनाएगी।
5. यदि दोनों पक्ष मौखिक या लिखित साक्ष्य प्रस्तुत करना चाहते हों तो न्याय-पंचायत निश्चित तिथि पर दोनों को सुनेगी।
6. दीवानी मुकदमे सुनने के समय विपक्षी अथवा गवाहों या आवश्यक कागजात की तलब/पेश करने के लिए दीवानी प्रक्रिया संहिता के अंतर्गत आवश्यक अधिकार न्याय-पंचायत को प्राप्त हैं।
7. न्याय-पंचायत का निर्णय सदस्यों के बहुमत से होगा।

आपराधिक मामलों में सुनवाई की प्रक्रिया

(क) यदि सुनवाई के दौरान अपराधी स्वयं अपना अपराध स्वीकार कर लेता है तो न्याय-पंचायत उसका तर्क लिखकर आवश्यक सजा एवं दंड निर्धारित करके आदेश पास करेगी।

(ख) यदि अपराधी अपना अपराध स्वीकार नहीं करता है तो उसको अपनी रक्षा में विवरण प्रस्तुत करना होगा।

(ग) न्याय-पंचायत केवल संक्षेप प्रक्रिया के माध्यम से (धारा 260 से 265 दंड प्रक्रिया संहिता) से रिकॉर्ड करेगी।

(घ) न्याय-पंचायत के सामने सुनवाई दिन-प्रतिदिन चलेगी तथा छह सप्ताह के अंदर प्रत्येक मामले में जाँच/पूछताछ पूरी हो जाएगी। तत्पश्चात् न्याय-पंचायत एक सप्ताह के भीतर निर्णय दे देगी।

(ङ) यदि सुनवाई के दौरान न्याय-पंचायत को यह प्रतीत होता है कि कोई मामला न्यायिक दंडाधिकारी (प्रथम श्रेणी) द्वारा सुना जाए तो वह उसे उनके पास भेज देगा।

(च) यदि किसी मामले में दोनों पक्षों द्वारा समझौता हो सकता है तो न्याय-पंचायत की अनुमति से समझौता हो जाएगा।

न्याय-पंचायत के सामने सुनवाई-प्रक्रिया की विशेषताएँ

1. न्याय-पंचायत के सामने कोई वकील उपस्थित नहीं हो सकता है।

2. यदि कोई जिला जज या दंडाधिकारी समझता है कि किसी मामले को न्याय-पंचायत द्वारा सुना जाए, तो वह उसे स्थानांतरित कर सकता है।
3. न्याय-पंचायत से अपील के लिए एक और स्तर यदि है तो इसके पश्चात् अपीलें जिला एवं सत्र न्यायाधीश द्वारा सुनी जाएँगी।
4. यदि किसी अन्य न्यायालय द्वारा मुकदमे का निर्णय हो चुका है तो वह न्याय-पंचायत के पास नहीं जा सकता है।
5. जिला एवं सत्र न्यायाधीश प्रार्थना पर यदि चाहें तो एक न्याय-पंचायत से दूसरी न्याय-पंचायत के पास मुकदमा स्थानांतरित कर सकता है।

डिक्रियों का निष्पादन

न्याय-पंचायत द्वारा दी गई डिक्री अथवा दिए गए आदेश का अनुपालन उसके द्वारा उस रीति से किया जाएगा, जो निर्धारित की जाए। यदि प्रतिवादी की संपत्ति डिक्री का आदेश देनेवाली न्याय-पंचायत की अधिकारिता के बाहर स्थित हो तो वह डिक्री अथवा आदेश को अनुपालन के लिए उस न्याय-पंचायत के पास नियत रीति से अंतरित कर सकती है, जिसकी अधिकारिता में उक्त संपत्ति स्थित हो। यदि वहाँ न्याय-पचायत न हो तो यथास्थिति उस मुंसिफ के न्यायालय के पास अंतरित कर सकती है, जिसकी अधिकारिता में वह स्थित हो।

न्याय-पंचायत की अवमानना

यदि कोई व्यक्ति किसी न्याय-पंचायत या उसके किसी सदस्य का, जब कि न्यायिक कार्यवाहियों के किसी भी प्रक्रम में न्याय-पंचायत की बैठक हो रही हो, उसकी दृष्टि में अथवा उपस्थिति में साभिप्राय अपमान करे अथवा सम्यक् रूप से दिलाई जानेवाली शपथ लेने से या अपने द्वारा किए गए कथन पर हस्ताक्षर करने से, जब कि ऐसा करना विधिक रूप से अपेक्षित हो, इनकार करे तो न्याय-पंचायत उसी दिन अपनी बैठक समाप्त करने से पूर्व किसी भी समय इस अपराध का संज्ञान कर सकती है।

न्याय-पंचायत के व्यय गाँव-निधि पर भारित होंगे

1. न्याय-पंचायत के व्यय गाँव-निधि अथवा सर्किल में समाविष्ट ग्राम-पंचायतों की गाँव-निधि या गाँव-निधियों पर ऐसे अनुपात में भारित होंगे, जो नियम प्राधिकारी द्वारा अवधारित किया जाए।

2. इस अधिनियम के अधीन विचारणीय वाद में न्यायालय फीस और जुर्माने के रूप में वसूल की गई समस्त धनराशि राज्य सरकार के खाते में जमा की जाएगी; किंतु राज्य सरकार इस प्रकार वसूल की गई धनराशि में से संबंधित (ग्राम-पंचायत) को अनुदान रूप में पचास प्रतिशत से अधिक ऐसे अंश, जिसे वह निश्चित करे, का भुगतान न्याय-पंचायत के व्ययों को पूरा करने के लिए करेगी।

न्याय-पंचायतों की स्थापना की अनिवार्यता

उपर्युक्त विश्लेषण से स्पष्ट है कि ग्रामों में शांति-स्थापना के लिए ग्राम-न्यायालयों की स्थापना अपरिहार्य है। हमारी न्याय-प्रणाली इतनी महँगी एवं श्रमसाध्य हो गई है कि निर्धन एवं भोले-भाले ग्रामीणों के लिए इसके माध्यम से न्याय मिल पाना मुश्किल होता है, फिर गाँवों में अधिकतर मामले छोटे-छोटे होते हैं। उनका निर्णय न होने से आपस में वैमनस्य बढ़ता है।

दूसरे ग्राम में पड़ोसियों को ठीक तरह से जानकारी होती है कि किसे किसका पैसा देना है तथा किसने अमुक अपराध किया है। अतः इन अदालतों द्वारा भूल होने की संभावना कम है। इस प्रकार न्याय-पंचायतों के माध्यम से हम आसानी से भारतीय न्याय-व्यवस्था में अमेरिका जैसी जूरी प्रणाली विकसित कर सकते हैं, ताकि साक्ष्य मिथ्या तथा झूठ-फरेब पर आधारित न होकर सत्य पर आधारित हो तथा मामलों में उचित न्याय मिले। न्याय वकीलों की दलीलों पर निर्भर न हो। वह सत्य के स्फटिक मणि की भाँति सदैव चमके। शनैः-शनैः गाँव के अधिकतर राजस्व मामले भी न्याय-पंचायतों द्वारा निपटाए जाएँ।

उपर्युक्त न्याय-पंचायतों की अवधारणा एक आदर्श संहिता है।

□

पंचायतों के कार्यों का सिंहावलोकन

स्वतंत्रता-प्राप्ति के पश्चात् कई राज्यों में पंचायत अधिनियम लागू किए गए तथा एक नए उत्साह से पंचायतों को स्थापित किया गया, पर इस समय तक भारतीय शासन-पद्धति पर साम्राज्यवादियों, उच्च कही जानेवाली जातियों तथा जमींदारों का आधिपत्य पूरी तरह समाप्त नहीं हुआ था। दूसरी ओर, पंचायत में गाँवों का निर्धन वर्ग संगठित तथा जागरूक नहीं था। निर्वाचित प्रतिनिधियों के पास शिक्षा की कमी थी। फलतः सन् 1957 तक जो प्रायः एक लाख साठ हजार पंचायत संस्थाएँ स्थापित हुईं, उनमें से केवल दस प्रतिशत ही ठीक तरह से काम करती रहीं, चालीस प्रतिशत पंचायतों का काम असंतोषजनक था तथा लगभग पचास प्रतिशत पंचायतें औसत रूप में कार्य कर रही थीं। सन् 1957 में बलवंत राव मेहता समिति की रिपोर्ट के पश्चात् 1959 में पं. जवाहरलाल नेहरू ने पंचायत संस्थाओं के साथ विकास-प्रक्रिया को जोड़ा तथा संपूर्ण देश में पंचायत संस्थाओं में एकरूपता दृष्टिगोचर हुई। विकास-खंड को स्वशासन की इकाई बनाया गया। विकास-खंडों, जिन्हें हम पंचायत समिति कह सकते हैं, को भरपूर अधिकार और पर्याप्त साधन दिए गए। अधिकारों तथा साधनों का विकेंद्रीकरण किया गया। सरकार ने कुछ कर्तव्यों तथा जिम्मेदारियों से अपने को बिलकुल मुक्त कर लिया और उन्हें पूर्ण रूप से पंचायत समितियों को सौंप दिया गया। पंचवर्षीय योजना के अधिकतर भाग को पूरा करने की जिम्मेदारी नई पंचायत समिति व्यवस्था को सौंपी गई। पंचायत समिति का कार्य था—कृषि के विकास के सभी काम; बीज का चुनाव, संग्रह और वितरण; खेती के तरीकों में सुधार; खेती के लिए ऋण या सहकारी बैंकों से सहायता प्राप्त करना; छोटी सिंचाई के कार्यों का प्रबंध; मवेशी, भेड़, बकरी और मुर्गी-पालन में सुधार; स्थानीय उद्योगों को प्रोत्साहन देना; जल, सार्वजनिक स्वास्थ्य और सफाई की व्यवस्था; चिकित्सा सहायता और बाढ़, भूकंप आदि तथा अचानक विपत्ति को दूर करने के लिए सहायता; तीर्थस्थान एवं स्थानीय त्योहारों का प्रबंध; ग्राम-पंचायतों की सड़कों

को छोड़कर स्थानीय महत्त्व की अन्य सड़कों का निर्माण तथा मरम्मत; प्रारंभिक पाठशालाओं का प्रबंध और प्रशासनिक नियंत्रण; कृषि श्रमिक आदि असंगठित मजदूरों के लिए न्यूनतम वेतन अधिनियम के अनुसार वेतन सुनिश्चित करना तथा पिछड़े वर्गों के लिए कल्याणकारी योजनाओं का कार्यान्वयन। इनके अतिरिक्त जन्म तथा मृत्यु से संबंधित आँकड़ों या अन्य प्रकार के आँकड़ों का संग्रह करना और उन्हें सुरक्षित रखना।

यह भी सिफारिश की गई कि जिन राज्यों में हाई स्कूलों का प्रबंध जिला बोर्ड या जनपद सभा के हाथों में है, उन्हें पंचायत समितियों के सुपुर्द कर दिया जाए। किसी विशेष विकास कार्य के संबंध में यदि राज्य सरकार अपने अधिकार स्थानीय शासन को हस्तांतरित करना चाहे तो उस कार्य को पूरा करने के लिए पंचायत समिति सरकार के एजेंट के रूप में कार्य करेगी।

राजीव गांधी सरकार ने यकायक यह निर्णय लिया कि जवाहर रोजगार योजना का संपूर्ण धन ग्राम-पंचायतों के माध्यम से खर्च होगा। इसका एक कारण शायद यह था कि प्रखंड स्तर पर भ्रष्टाचार बढ़ गया तथा योजनाओं के क्रियान्वयन में अनावश्यक रूप से देरी होने लगी, क्योंकि सभी विभागों एवं योजनाओं का केंद्र-बिंदु प्रखंड या पंचायत समिति हो गई थी। ये संस्थाएँ अब पैसे से लबालब भर गईं, पर इनकी संरचना को उन्नत करने की ओर ध्यान नहीं दिया गया। पश्चिम बंगाल, गुजरात, महाराष्ट्र तथा राजस्थान में इन पंचायत संस्थाओं का उत्तम संगठन था, अतः परेशानी नहीं हुई; जबकि अन्य राज्यों में यह कार्य भी परोक्ष रूप से पंचायत समितियों के स्तर पर अधिकारियों द्वारा ही कार्यान्वित कराए गए। ये प्रायः सरकार के कार्यों के लिए ठीकेदार की भाँति काम करने लगीं।

पश्चिम बंगाल में पंचायत का अनुभव

पश्चिम बंगाल के पूर्व मुख्यमंत्री श्री ज्योति बसु पंचायत व्यवस्था पर एक लेख गें लिखते हैं—"पंचायत में निर्वाचित प्रतिनिधियों में पचासी प्रतिशत छोटे और सीमांत कृषक हैं। इन पंचायतों, जिनमें निर्वाचित प्रतिनिधि गरीब वर्ग के लोग हैं और जिन्हें आम लोगों का समर्थन प्राप्त है, को हमारे राज्य के ग्रामीण विकास कार्यक्रमों की योजना तैयार करने और उन्हें लागू करने की अधिक जिम्मेदारी सौंपी गई है। प्रारंभ में पंचायतों को भूमि-सुधार के काम में शामिल किया गया। बेनामी भूमि का पता लगाने, उसे गरीब किसानों में बाँटने और कर्जदारों का नाम दर्ज करने में पंचायतों की सहायता ली गई। इसके बाद काम के बदले अनाज, खाद्यान्न, राष्ट्रीय

ग्रामीण स्वरोजगार योजना और ग्रामीण भूमिहीन रोजगार गारंटी कार्यक्रम लागू करने में पंचायतों को प्रत्यक्ष रूप से शामिल किया गया। समन्वित ग्रामीण विकास कार्यक्रम को लागू करने की जिम्मेदारी अर्थात् लाभार्थियों का पता लगाने, योजनाओं का चयन करने और उसपर दृष्टि रखने का काम मुख्य रूप से पंचायत समितियों को सौंपा गया।

इन कार्यक्रमों के अतिरिक्त सूखा-पीड़ित क्षेत्रों की सहायता, खेती के लिए मिनी किट (बीज) के वितरण की योजना, छोटी सिंचाई, सामाजिक वानिकी, ग्रामीण जल सप्लाई, ग्रामीण आवास और जलाशयों तथा जनजातियों, कुटीर और लघु उद्योगों के बारे में अनेक महत्त्वपूर्ण योजनाओं की जिम्मेदारी सीधे पंचायतों को सौंप दी गई है।

इन उत्तरदायित्वों को पूरा करने के लिए पंचायतों को तीनों स्तरों पर कर्मचारियों की सुविधाएँ प्रदान की गई हैं। इन कर्मचारियों में तकनीकी कर्मचारी भी शामिल हैं। इनका पूरा खर्च राज्य सरकार उठाती है। पंचायतों के खर्चों की लेखा-परीक्षा करने की नियमित व्यवस्था है। इसके अतिरिक्त प्रत्येक ग्राम-पंचायत के लिए यह आवश्यक है कि वह योजनाओं और कार्यक्रमों का चयन करने के लिए पंचायत की नियमित बैठक बुलाए और अपने वार्षिक बजट भी जनता के सामने रखे।

राज्य में पंचायतों के इस शानदार काम को दृष्टिगत रखकर हमने सन् 1995 से जिला और प्रखंड स्तर पर विकेंद्रीकृत और समन्वित नियोजन की ओर एक नया कदम उठाया। इसमें पंचायतों के माध्यम से निचले स्तर पर आम आदमी को योजना बनाने और उसे लागू करने में शामिल किया गया। इस उद्‌देश्य के लिए प्रत्येक जिले और (उस जिले के) प्रत्येक प्रखंड में नियोजन समिति गठित की गई। इनमें पंचायत सदस्यों, अन्य संबंधित निर्वाचित प्रतिनिधियों और सभी विभागों के संबंधित अधिकारियों को शामिल किया गया। जिला स्तर पर जिला परिषद के सभापति को इस समिति का अध्यक्ष और जिला मजिस्ट्रेट को सदस्य सचिव बनाया गया। पंचायत समिति के सभापति को प्रखंड नियोजन समिति का अध्यक्ष और प्रखंड विकास अधिकारी को सदस्य सचिव बनाया गया। यह आशा की जाती है कि राज्य के कुल योजना खर्च का पचास प्रतिशत भाग कैसे खर्च हो, इस बात का निर्णय प्रखंड और जिला स्तर पर किया जाएगा। विकेंद्रीकृत योजना तैयार करने में समूचे देश के लिए यह एक महत्त्वपूर्ण शुरुआत है।"

पश्चिम बंगाल के सर्वाधिक लंबे समय तक रहनेवाले मुख्यमंत्री के इस विवरण के पश्चात् उस राज्य में पंचायती राज संस्थाओं के गुण और दोष का विवेचन हम

इस प्रकार कर सकते हैं—

पश्चिम बंगाल में पंचायत-पद्धति की विशेषताएँ

1. पश्चिम बंगाल में तीन स्तरीय पंचायती राज संस्थाओं को राज्य सरकार का पूर्ण समर्थन प्राप्त है। वहाँ राजनीतिक तथा प्रशासनिक दृष्टियों से पंचायतों के काम की समीक्षा की जाती है।
2. जिला परिषद का निर्वाचित सभापति जिलाधिकारी की अपेक्षा अधिक महत्त्वपूर्ण है। प्रखंड स्तर पर पंचायत समिति के सभापति की प्रखंड विकास अधिकारी से अधिक मान्यता है। इन संस्थाओं में उन कम्युनिस्ट पार्टी (मार्क्सवादी) के लोगों को चुना गया, जो प्रशासनिक दृष्टि से भी योग्य तथा सक्रिय थे। उनके चुनाव में धर्म या जाति आदि का ध्यान नहीं रखा गया।
3. इन संस्थाओं के अध्यक्षों की बात को राज्य स्तर पर अत्यधिक महत्त्व दिया जाता है, अर्थात् नौकरशाही दोयम दर्जे पर पहुँच गई है। स्थानीय स्तर पर नौकरशाही तथा चुने हुए प्रतिनिधियों में उत्तम तालमेल है। जहाँ पंचायतों के कर्ता नौकरशाही की सुख-सुविधाओं का उचित ध्यान रखते हैं वहाँ अधिकारीगण पंचायत पदाधिकारियों के न्यायसंगत राजनीतिक हितों का ध्यान रखते हैं।
4. जिला तथा प्रखंड स्तर पर साधारणतया पंचायत के निर्वाचित प्रतिनिधि पैसे से स्वयं हाथ नहीं लगाते हैं। वे उप-समितियों की सभा के माध्यम से विभिन्न विकास योजनाओं के विषय में निर्णय लेते हैं तथा उनकी प्रगति की नियमित मॉनिटरिंग भी करते हैं। इसमें जो अधिकारीगण सहयोग नहीं करते उन्हें सहयोग करना सिखा दिया जाता है। जहाँ इन सभाओं में अधिकारीगण केंद्र या राज्य सरकार की नई योजनाओं के विषय में जानकारी देते हैं, वहाँ निर्वाचित प्रतिनिधि अपने समृद्ध स्थानीय ज्ञान तथा अनुभव के आधार पर उन योजनाओं में संशोधन हेतु महत्त्वपूर्ण सुझाव भी देते हैं।

पश्चिम बंगाल की पंचायतों की कार्य-प्रणाली में दोष

1. उप-समितियों के माध्यम से योजनाओं के निर्णय में अत्यधिक विलंब होता है। इस प्रकार पंचायत स्तर पर एक नई पंचायती लालफीताशाही ने जन्म ले लिया है, जो किसी नौकरशाही से कम खतरनाक नहीं है।

2. उप-समितियों के अध्यक्ष अपने दल के लोगों एवं अपने क्षेत्र के हितों को ही सर्वोपरि महत्त्व देते हैं। अतः योजनाओं का लाभ दूसरे दल के गरीबों तक नहीं पहुँच पाता है। यह घोर अनुचित है। गरीब तो गरीब ही है, चाहे वह किसी भी राजनीतिक दल का समर्थक हो। राजनीतिक रंग के आधार पर दो निर्धनों में विभेद करना अनुचित तथा अन्यायपूर्ण है।
3. पंचायत के प्रतिनिधिगण प्रायः अपने कार्यालयों या विद्यालयों से अपनी उपस्थिति लगाकर पंचायतों की सभाओं या कार्यों में भाग लेने चले आते हैं, अतः देश का तंत्र दूसरी दिशा में दुर्बल होता चला जाता है। उनके इस आचरण का दुष्प्रभाव समाज पर पड़ता है।
4. पिछड़े तथा उपेक्षित क्षेत्रों को पंचायतों के द्वारा प्राथमिकता देनी चाहिए, चाहे वह किसी दल या वर्ग विशेष से संबद्ध न हो। पंचायतों के माध्यम से सारे क्षेत्र का समान विकास नहीं हो पाता, क्योंकि वे अपने दल के बहुमतवाले क्षेत्रों को अधिक लाभ पहुँचाना चाहते हैं।
5. नौकरशाहों की भाँति पंचायत पदाधिकारियों को भी गाड़ी-घोड़ा पर चढ़ने का शौक हो गया है। वे ठाट-बाट से सभाएँ करते हैं। उनपर काफी खर्च होता है। कभी-कभी वे अपने समर्थकों या संबंधियों को पंचायतों का लाभ देना चाहते हैं, ताकि वे उन्हें आर्थिक लाभ पहुँचा सकें। यह एक खतरनाक प्रवृत्ति है, क्योंकि भ्रष्टाचार का प्रवेश जिस भी संगठन या तंत्र में होता है, उसे वह घुन की भाँति कमजोर बना देता है तथा उसका अंत बहुत बुरा होता है। जो अधिकारी या कर्मचारी पंचायत अध्यक्षों की बात नहीं मानते, उन्हें डराया-धमकाया जाता है, ताकि विरोध की आवाज दब जाए।

राज्यों द्वारा 73वें संविधान संशोधन के अंतर्गत कार्रवाई

73वाँ संविधान संशोधन भारत के इतिहास में मील का एक पत्थर है। उससे पंचायती संस्थाओं में नए जीवन का संचार हुआ। 73वें संविधान संशोधन द्वारा संविधान में जोड़े गए भाग 9 के अंतर्गत की गई कार्रवाई का अनुशीलन करना आवश्यक है।

संविधान के भाग 9 के अनुसार, निम्नलिखित राज्यों द्वारा कार्रवाई की गई है—

(क) अरुणाचल प्रदेश के अतिरिक्त सभी राज्यों ने संविधान के भाग 9 के अनुसार अपने पंचायत विधेयक बना लिये हैं। अरुणाचल प्रदेश में

अनुसूचित जाति की कोई जनसंख्या नहीं है। संविधान के 83वें संविधान संशोधन के द्वारा अरुणाचल प्रदेश को अनुच्छेद 243 (घ) के अनुसार अनुसूचित जाति के लिए आरक्षण न करने की छूट दे दी गई है। अतः अब वहाँ कोई बाधा नहीं है।

(ख) संविधान का भाग 9 नागालैंड, मेघालय, मिजोरम तथा दार्जिलिंग के पार्वत्य क्षेत्र को प्रयोज्य नहीं है। जम्मू-कश्मीर यदि चाहे तो वह इसे अपना सकता है।

सन् 1978 के बाद जम्मू-कश्मीर में पंचायतों के चुनाव नहीं हुए थे। वहाँ के प्रमुख दल नेशनल कॉन्फ्रेंस का सन् 1944 से ही यह आदर्श रहा है कि वह निचले स्तर पर पंचायतों के माध्यम से जनता को अधिकार दे तथा सत्ता का विकेंद्रीकरण हो। सन् '80 के दशक में हिजबुल मुजाहिदीन तथा ऑल पार्टी हुर्रियत कॉन्फ्रेंस (ए.पी.एच.सी.) ने पंचायत निर्वाचनों का बहिष्कार करने के लिए जनता से अपील की।

इन पंचायतों में महिलाओं, अनुसूचित जाति एवं जनजाति के लिए जम्मू एवं कश्मीर पंचायती राज विधेयक, 1989 तथा नियम 1997 में कोई प्रावधान नहीं था। सरकार द्वारा पंचायत के प्रत्येक स्तर पर प्रतिनिधि नामित करने का अधिकार रखा गया, जो संविधान के भाग 9 के विपरीत था; पर जम्मू-कश्मीर राज्य में यह वैध है, क्योंकि जम्मू-कश्मीर का संविधान विशिष्ट है। जम्मू-कश्मीर के पंचायत विधेयक में पंचायतों की स्वायत्तता का प्रावधान नहीं है, जो कि राज्य वित्त आयोग नियुक्त करके किया जा सकता है।

जम्मू और लद्दाख क्षेत्रों में निर्वाचन का अच्छा प्रभाव पड़ा। जम्मू में डोडा जिला, जो आतंकवाद से प्रभावित है, को छोड़कर निर्वाचन के लिए खोर विकास प्रखंड में बानबे प्रतिशत तथा सतवारी विकास प्रखंड में नब्बे प्रतिशत लोग आगे आए। डोडा जिले में आतंकवाद के प्रभाव के कारण अधिकतर पंचों और सरपंचों का चुनाव ही नहीं हो सका। कश्मीर घाटी में कम संख्या में लोगों ने नामांकन-पत्र दाखिल किए और वोट डालने भी अधिक लोग न आ सके। उनमें से अधिकतर निर्वाचित घोषित कर दिए गए, क्योंकि उनके विरोधी अभ्यर्थी नहीं थे। इस प्रकार श्रीनगर घाटी में आतंकवादी गतिविधियों के कारण पंचायत निर्वाचन में वांछित प्रतिनिधित्व नहीं हो पाया।

राष्ट्रीय राजधानी क्षेत्र दिल्ली में भी पुरानी पंचायती राज व्यवस्था को सन् 1990 में समाप्त कर दिया गया था। अब दिल्ली सरकार भी भाग 9 के अंतर्गत नया पंचायती राज विधेयक लाने की बात सोच रही है।

विभिन्न राज्यों तथा केंद्र-शासित प्रदेशों में पंचायत चुनाव

अरुणाचल प्रदेश तथा पांडिचेरी में अब पंचायत चुनाव कराने के लिए संवैधानिक या वैधानिक कोई बाधा नहीं है। यह अत्यावश्यक है कि वहाँ तुरंत पंचायत निर्वाचन हो तथा निचले शासन में जनता की उचित भागीदारी सुनिश्चित हो। पंजाब का मामला भी संवैधानिक दाँव-पेंचों में अटका है; क्योंकि पंजाब सरकार द्वारा पारित पंचायत विधेयक में संशोधन संविधान के प्रावधानों के विरुद्ध है, इसलिए पंजाब और हरियाणा उच्च न्यायालय ने उन्हें असंवैधानिक घोषित कर दिया। यह मामला उच्चतम न्यायालय में विचाराधीन है। आंध्र प्रदेश, असम तथा हिमाचल प्रदेश में पंचायतों के चुनाव करवाए गए। उस चुनाव में सत्ता में अवस्थित सरकारें पराजित हो गईं। राज्य-शासित प्रदेश अंडमान और निकोबार द्वीप समूह, दमन और दीव तथा दादरा एवं नागर हवेली में पंचायत निर्वाचन होना बाकी है।

जिला नियोजन समिति का गठन

पश्चिम बंगाल, केरल, राजस्थान, सिक्किम, अंडमान और निकोबार द्वीप समूह तथा दमन और दीव के अतिरिक्त कहीं ठीक प्रकार से संविधान के भाग 9 (क) के अनुच्छेद 243 (य, घ) के अंतर्गत नहीं हुआ है। हरियाणा में केवल चार जिलों में जिला नियोजन समिति का गठन हुआ है। कर्नाटक में तीन जिलों में जिला नियोजन समितियों की स्थापना बाकी है। मध्य प्रदेश में सरकार के मंत्री प्रत्येक जिले की समिति के अध्यक्ष हैं। तमिलनाडु में अभी विधेयक के परिचालन के लिए नियमावली बननी है। उत्तर प्रदेश में भी मंत्रिगण जिला स्तर की योजना समितियों के अध्यक्ष हैं।

ग्राम-सभा की अनिवार्यता

ग्राम-सभा की सदस्य संख्या पृथक्-पृथक् राज्यों में भिन्न-भिन्न है, जो दो सौ पचास से आठ हजार तक है। यह एक गाँव की भी हो सकती है अथवा दो-तीन गाँवों की भी। जहाँ पर एक से अधिक गाँवों की एक ही ग्राम-सभा है, वहाँ पर ग्राम-सभा की बैठकें बहुत कम होती हैं।

अधिकतर राज्य अधिनियमों में न तो ग्राम-सभाओं के अधिकारों को परिभाषित किया गया है, न ही इन संस्थाओं की कार्य-प्रणाली हेतु कोई प्रक्रिया निर्धारित की गई है। केवल पश्चिम बंगाल सहित कुछ राज्यों में ग्राम-पंचायतों को प्रशासनिक आदेश दिए गए हैं कि वे वर्ष में कम-से-कम दो बार पूरे ग्राम की सामान्य सभा बुलाएँ और उसके सामने ग्राम-पंचायत का पूरा लेखा-जोखा प्रस्तुत करें।

नए अधिनियमों में ग्राम-सभाओं को ग्राम-पंचायतों की कार्य-प्रणाली तथा निगरानी करने की जिम्मेदारी सौंपी गई है। अन्य कार्य हैं—और योजनाओं की मंजूरी देना, लाभार्थियों तथा योजना-स्थलों का चयन करना।

पंचायती राज प्रणाली की सफलता के लिए पंचायतों की कार्य-प्रणाली में सूचना का अधिकार बहुत आवश्यक है। पारदर्शिता के माध्यम से पंचायत-प्रणाली के प्रति लोगों की धारणा बदलने तथा लोगों की भागीदारी लाने हेतु वातावरण तैयार किया जा सकता है। इसे निम्नलिखित पदक्षेपों द्वारा सुनिश्चित किया जा सकता है—

(अ) सभी प्रकार की सूचना, जिसमें विकास योजनाओं तथा इनके बजट की सूचना भी शामिल है, को नोटिस बोर्ड पर लगाना।

(ब) आम लोगों के निरीक्षण हेतु सभी संबंधित रिकॉर्ड उपलब्ध कराना।

(स) नाम मात्र की फीस लेकर माँग पर मस्टर-रोलों, वाउचरों, आकलनों इत्यादि दस्तावेजों की फोटो प्रतियाँ उपलब्ध कराना।

लाभार्थियों की चयन-प्रक्रिया में भी पारदर्शिता है। लाभार्थियों के चयन में वस्तुनिष्ठता सुनिश्चित करने के लिए ग्राम-पंचायत को संख्यापरक बनानी होती है। केरल के एक गैर-सरकारी संगठन ने लाभार्थियों के चयन की एक बहुत अच्छी प्रक्रिया विकसित की है, जो निर्धारित मानदंड के अनुसार 'अवार्ड ऑफ पॉइंट्स' पर आधारित है। इसके पश्चात् सूचियों को अंतिम रूप देने से पूर्व आपत्तियाँ आमंत्रित की जाएँगी। इस तरह से पारदर्शिता और जवाबदेही की व्यापक आवश्यकता है, जिसे पर्याप्त कानूनी समर्थन मिलना चाहिए।

राज्यों द्वारा ग्राम-सभाओं को बहुआयामी संस्थाओं का रूप देने के लिए निम्नलिखित कदम उठाए जा सकते हैं—

1. कोरम को युक्तिसंगत बनाना।
2. अनुसूचित जाति, अनुसूचित जनजाति और महिलाओं के लिए न्यूनतम कोरम रखना।
3. पंचायतों को ग्राम-सभाओं के प्रति सुस्पष्ट ढंग से जवाबदेह बनाना।
4. ग्राम-सभा को विकास कार्यों की प्राथमिकता तय करने और अंतिम निर्णय लेने के लिए प्राधिकृत करना।
5. सामाजिक लेखा परीक्षा को अनिवार्य कानूनी समर्थन मिलना।
6. बुनियादी स्तर की योजना के लिए जिला योजना समितियाँ सक्रिय करना।
7. पंचायत द्वारा ग्राम-सभा के संकल्पों/निर्णयों का अनिवार्यतः पालन किया जाना।

राजस्थान में व्यावहारिक रूप में ग्राम-समुदायों द्वारा सामाजिक लेखा परीक्षा का स्वरूप 'जन-सुनवाई' अथवा 'आम लोगों की सुनवाई' के रूप में स्थापित हो गया है। राजस्थान सरकार ने वार्ड-सभाओं को कानूनी अधिकार दे दिया है। वस्तुस्थिति यह है कि पूर्ण हो चुके कार्यों से संबंधित प्रमाण-पत्र वार्ड-सभा द्वारा ही जारी किए जाते हैं। रजनी कोठारी ने ग्राम-सभा संस्था को राजनीतिज्ञों एवं नौकरशाहों के बीच मेल-जोल के विरुद्ध 'प्रहरी' की संज्ञा दी है, परंतु ठीक-ठीक सूचना न देने के कारण तथा प्रधान की अनिच्छा के कारण ग्राम-सभाएँ ठीक तरह से काम नहीं कर पाती हैं। दूसरे, लोगों की भी सामान्य रूप से सभी संस्थाओं के प्रति आस्था समाप्त हो रही है। वे क्रमशः उदासीन होते जा रहे हैं। वे प्रधान और उसके समर्थकों द्वारा बाद में किए गए पक्षपात तथा अन्याय से भी डरते हैं। कई जगह ग्राम-सभा का काम पहले ग्राम की वार्ड-सभाओं द्वारा संपन्न होता है और फिर वह ग्राम-सभा स्तर पर लाया जाता है। एक ग्राम-पंचायत के प्रधान को विद्युत् कनेक्शन के लिए एकत्र किए गए धन का ब्योरा माँगा गया। जब वह ठीक-ठीक हिसाब न दे सका तो उसे प्रधान पद से त्याग-पत्र देने के लिए ग्राम-सभा ने विवश किया।

पंचायतों के चुनाव

अरुणाचल प्रदेश को छोड़कर प्रायः नए प्रावधानों के अनुसार पंचायतें गठित कर ली गई हैं। नवसृजित झारखंड राज्य में पंचायत चुनाव होने हैं। संघ राज्य क्षेत्रों में से पांडिचेरी में पंचायत चुनाव एक बार भी नहीं कराए गए हैं। संघ राज्य क्षेत्र चंडीगढ़ में भी मध्य स्तर पर पंचायतें गठित नहीं की गई हैं। बिहार में अप्रैल 2001, हरियाणा में मार्च 2000, हिमाचल प्रदेश में दिसंबर 2000, कर्नाटक में 2000, केरल में सितंबर 2000, संयुक्त मध्य प्रदेश में जनवरी 2000, महाराष्ट्र में मार्च-अक्तूबर 1997, मणिपुर में जनवरी 1997, उड़ीसा में जनवरी 1997, राजस्थान में जनवरी 2000, तमिलनाडु में अक्तूबर 1996, उत्तर प्रदेश के मैदानी क्षेत्र में जून 2000 तथा पश्चिम बंगाल में मार्च 1998 में पंचायतों के चुनाव संपन्न हुए। परिणामस्वरूप देश में ग्राम स्तर पर दो लाख सत्ताईस हजार छह सौ अट्ठानबे पंचायतों; मध्य स्तर पर पाँच हजार नौ सौ छह पंचायतों और जिला स्तर पर चार सौ चौहत्तर पंचायतों के चुनाव करवा लिये गए हैं। ये पंचायतें सभी स्तर के लगभग चौंतीस लाख चुने हुए प्रतिनिधियों द्वारा संचालित की जा रही हैं। इस प्रकार यह एक व्यापक प्रतिनिधि-आधार है, जो विश्व के किसी भी अन्य विकसित अथवा विकासशील देश में विद्यमान नहीं है।

पंचायती राज संस्थाओं की उपलब्धियाँ

संविधान की ग्यारहवीं अनुसूची में उनतीस विषय सूचीबद्ध हैं, जिनको पंचायतों को सौंपना प्रत्येक राज्य या संघ-शासित प्रदेश का संवैधानिक दायित्व है। पंचायतों के कार्य को प्रभावी बनाने के लिए यह आवश्यक है कि उन्हें कर्मियों, आवश्यक निधियों तथा वित्तीय स्वायत्तता भी हस्तांतरित की जाए।

प्रायः सभी राज्यों/संघ राज्य क्षेत्रों ने ग्यारहवीं अनुसूची के अनेक कार्य पंचायतों को हस्तांतरित कर दिए हैं। पश्चिम बंगाल आदि कुछ राज्यों में पंचायत समिति तथा जिला स्तर पर कार्य पाँच या छह उप-समितियों के माध्यम से होता है, जिनके अंतर्गत संपूर्ण ग्यारहवीं अनुसूची के उनतीस विषय विभाजित कर लिये जाते हैं। स्थानीय आवश्यकतानुसार इन उप-समितियों के नाम या विषय भी परिवर्तित किए जा सकते हैं। ये हैं—

1. वित्तीय तथा सार्वजनिक वितरण,
2. जन-स्वास्थ्य,
3. शिक्षा तथा समाज-कल्याण,
4. ग्रामीण रोजगार, सड़क आदि,
5. कृषि, वन तथा सिंचाई,
6. ग्रामीण उद्योग तथा विद्युतीकरण।

परंतु अधिकतर राज्यों ने अपेक्षित कर्मचारियों को हस्तांतरित नहीं किया है। गुजरात, पश्चिम बंगाल, कर्नाटक, केरल, मध्य प्रदेश, राजस्थान, उत्तर प्रदेश इत्यादि कुछ राज्यों ने वास्तव में कार्मिकों के हस्तांतरण के आदेश जारी किए हैं तथा वे पंचायतों के नियंत्रण में हैं। राज्य अधिकारी वर्ग का व्यवहार भी उनके मामले में पी.आर.आई. (पंचायत राज इंस्टीट्यूशंस) के पक्ष में नहीं है। जिला तथा उप-जिला स्तर पर अनेक अधिकारी पंचायतों के प्रशासनिक नियंत्रण में काम नहीं करना चाहते हैं।

वित्तीय स्वायत्तता के बिना पंचायतें स्वशासन की संस्था के रूप में कार्य करने में समर्थ नही होंगी। अधिकतर राज्यों ने पंचायतों को हस्तांतरित विषयों के लिए निधियाँ हस्तांतरित नहीं की हैं। दूसरी ओर, कुछ राज्यों ने पंचायत संस्थाओं को वित्तीग स्वायत्तता दी है। कुछ राज्य सरकारों ने ग्राम पंचायतों को पर्याप्त वित्तीय शक्तियाँ दी हैं। उदाहरण के लिए, केरल और पंजाब में पंचायतें बाहरी मंजूरी के बिना एक लाख रुपए, मध्य प्रदेश के ग्राम-सभा प्रस्ताव पर तीन लाख रुपए तक के कार्य कर सकती हैं। पश्चिम बंगाल में कोई सीमा निर्धारित नहीं की गई है। केरल सरकार ने पंचायती राज संस्थाओं को स्वतंत्र निधियों के रूप में योजना निधियों का चालीस प्रतिशत आवंटित किया है, ताकि पंचायतें अपनी आवश्यकता के अनुसार विकास-योजनाएँ बना सकें।

यह उचित होगा कि पंचायतों को कुछ करों को वसूलने की जिम्मेदारी दी जाए तथा स्वयं के संसाधनों के सृजन के लिए उन्हें कतिपय करों/उप-करों को लगाने के लिए अधिकार दिए जाएँ। अनेक राज्यों में ग्राम-पंचायतों को कर लगाने का कार्य सौंपा गया है, जबकि पंचायतों के अन्य दो स्तरों को आंतरिक संसाधन जुटाने की शक्तियाँ नहीं सौंपी गई हैं। पंचायतों द्वारा भूमि, भवन, पेशे, व्यवसाय, व्यापार इत्यादि से संबद्ध स्थानीय करों को लगाने के लिए राज्य सरकारों की सम्मति ली जाती है।

वित्त आयोग का भी नियमित गठन होना आवश्यक है। अनेक राज्यों में दूसरे वित्त आयोग का गठन नहीं हुआ है। आंध्र प्रदेश, हिमाचल प्रदेश, कर्नाटक, केरल, मध्य प्रदेश, महाराष्ट्र, राजस्थान, सिक्किम, तमिलनाडु, त्रिपुरा, उत्तर प्रदेश तथा पश्चिम बंगाल जैसे राज्यों ने दूसरे वित्त आयोग का गठन कर लिया है; जबकि पंजाब, गोआ तथा असम को अभी इसका गठन करना है। पंचायतों के प्रभावी कार्यों के हितों में और अधिक विलंब किए बिना वित्त आयोगों से रिपोर्ट प्रस्तुत करने का आग्रह किया जाए।

केवल ग्यारह राज्यों—हरियाणा, कर्नाटक, केरल, मध्य प्रदेश, मणिपुर, राजस्थान, सिक्किम, तमिलनाडु, त्रिपुरा, उत्तर प्रदेश तथा पश्चिम बंगाल ने जिला योजना समितियों का गठन किया है। अनेक राज्यों में जिला नियोजन समिति की अध्यक्षता राज्य सरकार के मंत्रियों द्वारा की जाती है। यह संविधान के भाग 9 (क) की भावना के विरुद्ध है।

हरियाणा में ग्राम-विकास समिति का गठन किया गया है, जिसमें एक अध्यक्ष तथा चार सदस्य होंगे। इस समिति का खाता सरपंच तथा नामजद दो सदस्य संचालित कर सकते हैं। मध्य प्रदेश सरकार ने ग्राम-विकास समितियाँ गठित की हैं, ताकि विकेंद्रीकरण के द्वारा गाँवों का व्यापक विकास सुनिश्चित हो सके। नए कानून के अंतर्गत ग्राम-सभा द्वारा चार समितियाँ बनाई जानी हैं। सरपंच ग्राम-विकास समिति का अध्यक्ष होगा और उप-सरपंच उपाध्यक्ष होगा। यह समिति गाँव के समग्र विकास के लिए योजना बनाएगी और अनुमोदन के लिए ग्राम-सभा के समक्ष प्रस्तुत करेगी। सभी धनराशि, अन्य कर, फीस, अनुदान इत्यादि को 'ग्राम कोष' नामक एक कोष में जमा कराया जाएगा तथा ग्राम-विकास समिति के कोषाध्यक्ष और सचिव के संयुक्त हस्ताक्षरों से इस निधि में से रुपए को निकाला जा सकता है; पर यह संभव है कि इन समितियों में ग्रामीण समुदाय के शक्तिशाली लोगों का आधिपत्य हो। पंचायती व्यवस्था लागू होने पर भी ग्राम-सभाओं पर ग्राम के प्रभावी एवं निहित

स्वार्थी तत्त्वों का प्रभाव कम नहीं हुआ है। इसके अतिरिक्त केंद्रीय सरकार की प्रायः सभी रोजगार सृजनकारी योजनाएँ सीधे ग्राम-पंचायतों को दी जाती हैं। फलस्वरूप ग्राम-पंचायतें बहुत शक्तिशाली हो जाएँगी, जबकि उस स्तर पर उपयुक्त तकनीकी तथा प्रशासनिक तंत्र नहीं है। अतः पश्चिम बंगाल के प्रयोग की भाँति पाँच-छह समितियों का निर्माण पंचायत समिति तथा जिला परिषद स्तर पर हो, क्योंकि वहाँ पर तकनीकी तथा प्रशासनिक व्यवस्था भी विद्यमान है। पंचायत प्रतिनिधियों तथा नौकरशाही तंत्र के बीच में 'चेक एंड बैलेंस' होने के कारण योजनाएँ ठीक तरह से बनाई जाती हैं तथा उनका क्रियान्वयन भी सुचारु रूप से होता है। यह आवश्यक है कि ये समितियाँ या पंचायतें अपने दल, जाति अथवा क्षेत्र के लोगों का पक्षपात न करें, बल्कि यह सोचकर योजनाएँ लागू करें कि सत्ता में आने के पश्चात् उनके समक्ष सभी नागरिक एक समान हैं।

□

पंचायतों की स्वशासन-पद्धति

फ़्रांसीसी लेखक दि टॉकबिल का कहना है कि स्थानीय समितियाँ स्वतंत्र राष्ट्र की शक्ति हैं। नगर समितियों का प्रजातंत्र से वही संबंध है, जो प्राथमिक विद्यालयों का विज्ञान से है। कोई राष्ट्र स्वतंत्र शासन की स्थापना कर सकता है, किंतु स्थानीय संस्थाओं के उत्साह के बिना उसमें स्वतंत्रता की भावना उत्पन्न नहीं हो सकती। एक अतिवादी लेखक साइमन ने इन संस्थाओं को बर्बरता और सभ्यता के बीच अंतर बतलाया है। वस्तुतः स्वायत्त संस्थाएँ सभ्य देशों में निर्वाचित सदस्यों की समितियाँ होती हैं। यदि ये केंद्र या प्रांत द्वारा नियुक्त हों तो स्वायत्त रहना उनके लिए कठिन है। केंद्रीयकरण प्रजातंत्रात्मक प्रगति के विरुद्ध है और शासन के प्रति नागरिकों में व्याप्त उदासीनता का कारण है। यदि गाँव में स्थानीय स्वशासन संस्थाएँ स्थित हों तो वहाँ के लोगों को प्रजातंत्र का प्रथम पाठ वहाँ की लोक-संस्थाओं द्वारा ही पढ़ाए जाते हैं।

स्थानीय स्वशासन से शासन-कार्य में कुशलता की वृद्धि होती है। स्थानीय स्वशासन का एक कार्य स्थानीय नागरिकों के मध्य समन्वय स्थापित करना है। यदि स्थानीय नागरिक स्वयं शासन में अवस्थित हों तो वे स्वयं आत्मविश्लेषण करके यह तय कर सकते हैं कि वे स्वयं किस सीमा तक गलत पथ पर हैं तथा उन्हें स्वयं आत्मसुधार की आवश्यकता है। यह आत्मविश्लेषण स्वशासन इकाई का आधा काम पूरा कर देगा। यह देखा गया है कि यदि श्रमिक नेतृत्व वर्ग को प्रबंधन के साथ सर्वोच्च स्तर पर निर्णायक मंडली में ले लिया जाए तो उस औद्योगिक इकाई या कारखाने में हड़ताल अथवा अनुशासनहीनता की घटनाएँ कम हो जाती हैं तथा उद्योग के उत्पाद की गुणवत्ता उन्नत हो जाती है। एक स्वशासन इकाई में गाँव या कस्बे में सक्रिय सभी असामाजिक तत्त्वों के गिरोहों के सरगनाओं को जनता द्वारा सदस्य निर्वाचित कर दिया गया। पहले तो प्रशासन तथा प्रेस ने जनता की अकर्मण्यता तथा भय की आलोचना की, पर बाद में देखा गया कि उस गाँव/कस्बे में शांति लौट आई और विकास के कार्य में तेजी आई। इसके पूर्व पंचायत का नेतृत्व कुछ पुराने

घिसे-पिटे नेताओं के हाथों में चला आ रहा था, जो केवल कुछ सस्ते तथा स्थानीय भावनाओं को संतुष्ट करनेवाले नारों को देकर जीतते आ रहे थे तथा जिन्होंने अपनी अज्ञानतावश या निहित स्वार्थों के कारण गाँव या कस्बे में कोई विशेष विकास कार्य नहीं किया था।

स्थानीय प्रशासन की विशेषताएँ

1. यह स्वाभाविक है कि गाँव की सफाई, अस्पताल का संचालन, विद्यालयों की देख-रेख, जल-प्रबंधन, सड़कें, स्वास्थ्यप्रद स्थलों का रख-रखाव इत्यादि कार्य स्थानीय प्रशासन ही दक्षतापूर्वक कर सकता है। इन कार्यों का सीधा संबंध गाँव के निवासियों के जीवन से है। उनकी व्यवस्था ठीक न होने से वे सीधे प्रभावित होते हैं। जिला स्तर पर स्थित यदि किसी कार्यकारी से गाँव की स्वच्छता या अस्पताल के संचालन के विषय में शिकायत दर्ज कराई जाए तो शिकायत पर कार्रवाई होते-होते शिकायत का उद्देश्य ही नष्ट हो जाएगा। दूसरे, जिला स्तर पर रहनेवाला सरकारी अधिकारी उस शिकायत को इतना महत्त्व नहीं देगा, क्योंकि वह उससे सीधा प्रभावित नहीं होता। यदि उसके उपेक्षापूर्ण कार्य-संचालन की शिकायत भी की जाए तो अस्पताल का लापरवाह अधिकारी या डॉक्टर जिला स्तर के किसी नेता या वरिष्ठ अधिकारी की मदद से उस शिकायत को निरस्त करवा लेता है। इस प्रकार बेवेल तथा पार्किंसन की नौकरशाही अपने लिए ही कार्य करती रहती है। उसे इससे मतलब नहीं है कि उसके द्वारा निर्देशित उद्देश्यों की पूर्ति हो रही है या नहीं अथवा वह सामाजिक कल्याण में अपना उचित योगदान दे रही है अथवा नहीं। अतः जो विषय स्थानीय स्तर के हैं और जिनपर स्थानीय स्तर से ही त्वरित तथा प्रभावशाली कार्रवाई हो सकती है, उन्हें मंडल, परगना, महकमा या जिला स्तर पर रखना अनुपयोगी एवं व्यर्थ है; उदाहरणार्थ—स्थानीय प्राथमिक विद्यालयों की देख-रेख। विद्यालय निरीक्षक कितनी बार निरीक्षण करके प्राथमिक शिक्षक को उसकी अनुपस्थिति या विलंब से आने के लिए पकड़ेगा? उसी प्रकार स्थानीय सार्वजनिक स्थलों की मरम्मत या रख-रखाव पर सरकार द्वारा कितना ही खर्च किया जाए, पर जब तक स्थानीय समुदाय अपनी आदतों को नहीं सुधारेगा, ये सार्वजनिक स्थल चिरंतन रूप से गंदे होते रहेंगे। प्रयोग से यह देखा गया कि यदि किसी मुहल्ले या वार्ड में हैंडपंप या जल-आपूर्ति योजना के रख-रखाव के लिए स्थानीय समिति नियुक्त हो जाए तथा उसकी मरम्मत का खर्च स्थानीय हितग्राहियों या उपभोक्ताओं से वसूल किया जाए तो उस हैंडपंप तथा जल-आपूर्ति योजना की मरम्मत तथा रख-रखाव की आवश्यकता

कम होती है। तीसरा बिंदु यह भी है कि सरकार से इन योजनाओं के रख-रखाव पर जो व्यय किया जाता है, उससे कहीं कम खर्चे पर स्थानीय संपत्ति का उत्तम रख-रखाव हो सकता है, और वह भी अधिक कुशलता के साथ। वर्तमान प्रणाली में रख-रखाव का एक अंश तो उस सरकारी कर्मचारी के तहसील या जिला मुख्यालय से गाँव तक आने के यात्रा-भत्ते पर खर्च हो जाता है, जबकि गाँव में स्थित बेकारों या बेरोजगारों का समूह थोड़े प्रशिक्षण तथा पथ-प्रदर्शन द्वारा कम सरकारी खर्च में इस काम को सफलतापूर्वक संपन्न कर सकता है।

2. केंद्रीय सरकार पर भार कम : पंचायतों जैसी स्वशासन संस्थाओं की स्थापना के फलस्वरूप केंद्रीय सरकार तथा प्रांतीय सरकारें अधिक महत्त्वपूर्ण मदों पर ध्यान केंद्रित कर सकती हैं। उदाहरण के लिए—आजकल संयुक्त राज्य अमेरिका, ऑस्ट्रेलिया आदि देश निर्यात द्वारा इतना अधिक धनार्जन कर रहे हैं कि उन देशों को राष्ट्र के अंदर आमदनी की आवश्यकता ही नहीं है। केवल अपनी शिक्षा संस्थाओं को अंतरराष्ट्रीय स्तर का बनाकर वे संसार के सभी देशों से धन बटोर रहे हैं। भारत में हम अपने परस्पर झगड़ों तथा स्थानीय समस्याओं में अनावश्यक रूप से इतने उलझ गए हैं कि सरकार आय के अन्य स्रोतों पर ध्यान ही नहीं दे पा रही है। हाँ, बीसवीं सदी के उत्तरार्द्ध में भारत ने भी सूचना प्रौद्योगिकी के क्षेत्र में दूसरे देशों में जाकर अपना तिरंगा झंडा फहरा दिया है। आवश्यकता है कि हम अपने नवयुवकों तथा सरकारों को घर की समस्याओं से दूर रखें, ताकि वे अन्य अधिक महत्त्वपूर्ण क्षेत्रों पर ध्यान केंद्रित कर सकें। भारत में ही केरल तथा गोआ की राज्य सरकारों ने अपने प्रांतों में पर्यटन को प्रोत्साहन देकर वहाँ की आर्थिक स्थिति को स्वस्थ कर दिया है तथा स्थानीय लोगों के लिए रोजगार के हजारों अवसर सृजित कर दिए हैं। इसी प्रकार कई राज्य सरकारों ने स्थानीय कुटीर तथा हस्तशिल्प उत्पादकों की निर्यात व्यवस्था कर दी है, जिस कारण उन प्रदेशों के शिल्पियों के जीवन में नई मुसकान आई है।

3. स्थानीय विशेषताओं तथा विशिष्ट समस्याओं पर उचित ध्यान : भारत विविधता का देश है। भारत में प्रत्येक गाँव एक गणतंत्र है, जिसकी अपनी एक विशेषता है। अतः सभी ग्रामों की विशेषताओं का अध्ययन करके उसके अनुसार योजनाओं का निर्माण करना जिला स्तर पर भी असंभव है—प्रांत या केंद्र स्तर की कौन सोचे! अधिक-से-अधिक प्रखंड स्तर तक ग्राम वैशिष्ट्य का ठीक-ठीक आकलन हो सकता है तथा उसके अनुसार वहाँ आवश्यक तकनीकों का उपयोग हो सकता है। यह सही है कि गाँवों में नई तकनीकों का प्रयोग भी आवश्यक है, पर पिछले पचास वर्षों की

विकास-यात्रा में देखा गया है कि उपयुक्त तकनीक के नाम पर भारत के ग्रामों तथा सीधे-सीधे ग्रामवासियों का शोषण अधिक हुआ है। उनपर नई-नई तकनीकें थोपी गई हैं। उन्हें नूतन तकनीक ग्रहण करने के नाम पर प्रशिक्षण द्वारा आवश्यक योग्यता प्रदान करने के पूर्व विदेशी तकनीक लादना अन्याय था। फलस्वरूप उत्तम-से-उत्तम तकनीकें ग्रामीण विकास में विफल हो गई हैं। आजकल यह पूर्व सिद्ध सर्वमान्य सिद्धांत है कि स्थानीय विशेषताओं को ध्यान में न रखकर तथा स्थानीय लोगों के सक्रिय परामर्श के बिना कोई योजना शुरू करना योजना प्रारंभ करने के पूर्व ही उसका भ्रूण-वध करना है। पंचायतों के माध्यम से ऐसी भूलें कभी नहीं हो सकती हैं।

4. मितव्ययिता : पूर्व प्रधानमंत्री राजीव गांधी ने कहा था कि हमारी योजनाओं का केवल पंद्रह प्रतिशत धन ही आम आदमी तक पहुँच पाता है। बाकी धनराशि या तो भ्रष्टाचार में चली जाती है अथवा उस तंत्र या मशीनरी पर व्यय हो जाता है, जिसके माध्यम से ये योजनाएँ कार्यान्वित की जाती हैं। भ्रष्टाचार पर नियंत्रण तो मुश्किल है, पर कम-से-कम योजनाओं को कार्यान्वित करनेवाली मशीनरी का आकार छोटा किया जा सकता है। इसको 'गैर-योजना खर्च' कहते हैं। पंचायतों के अस्तित्व में आ जाने के बाद सरकार के पास ऐसी बड़ी मशीनरी खड़ी हो जाती है, जो बिना खर्च के कार्य करने के लिए तत्पर रहती है तथा जिसमें जनता का विश्वास सन्निहित है। पंचायत के प्रतिनिधिगण अपने कार्यों या व्यवसायों से समय बचाकर पंचायतों की योजनाओं की देख-रेख करते हैं। दूसरे, गाँव के बेरोजगार युवक भी इन योजनाओं में कार्यरत हो जाते हैं। फलतः योजनाओं की देख-रेख के लिए अधिकारियों की लंबी पंक्ति की आवश्यकता नहीं होती है और न ही हिसाब-किताब रखने के लिए लंबे-चौड़े तंत्र की, जो अंततः स्वयंजीवी या स्वयंभक्षी हैं। पंचायतों के माध्यम से योजनाओं के कार्यान्वयन में ऐसी चीजें अर्थात् गिट्टी, बालू, ईंट इत्यादि उपयोग में लाई जाती हैं, जो स्थानीय रूप से उत्पादित होती हैं तथा सस्ते दर पर उपलब्ध होती हैं। अतः पंचायतों के माध्यम से कार्यान्वित योजनाएँ काफी सस्ती और उत्तम गुणवत्ता के साथ पूर्ण हो जाती हैं। वस्तुस्थिति यह है कि बड़ी-बड़ी सड़कों, यहाँ तक कि इमारतों, के निर्माण के समय कई अभियंता कार्यस्थल पर उपस्थित नहीं रहते हैं। आजकल तो ठीकेदारों ने भी कार्यस्थलों पर जाना बंद कर दिया है। कभी-कभी कनिष्ठ अभियंता (सब असिस्टेंट इंजीनियर या जूनियर इंजीनियर) सरकार की ओर से तथा निरीक्षक (सुपरवाइजर) ठीकेदार की ओर से निर्माण-स्थल पर उपस्थित रहते हैं। अतः आजकल के इस परिवेश में पंचायतों के माध्यम से निर्माण-कार्य कराना सस्ता, उत्तम तथा श्रेयस्कर है। भारत में गैर-सरकारी संगठनों के माध्यम से

योजनाओं का कार्यान्वयन भी विफल रहा, क्योंकि शनैः-शनैः उनके द्वारा प्रशासनिक खर्च बढ़ता जा रहा है।

प्रारंभ में तो गैर-सरकारी संगठनों या स्वयंसेवी संगठनों के माध्यम से प्रशासनिक खर्च दस प्रतिशत या इससे भी कम आता था, पर वह अब सुरसा के मुँह की तरह बढ़ रहा है। कुछ स्वयंसेवी संगठन योजना की धनराशि लेकर अंधकार में विलीन हो जाते हैं। भ्रष्टाचार या धोखाधड़ी के लिए उन्हें पकड़ना तो दूर रहा, ढूँढ़ निकालना भी मुश्किल है।

5. कार्यों में पारदर्शिता तथा जवाबदेही : पंचायतों के कार्यों में पारदर्शिता तथा जवाबदेही सन्निहित है। जिस दिन कोई योजना पंचायत की उप-समिति के सामने पेश की जाती है उस दिन ही योजना के विषय में जानकारी उस गाँव, पाड़ा अथवा मुहल्ले तक पहुँचा दी जाती है। बजट तथा विकास-योजनाओं की सूचना पंचायत के नोटिस बोर्ड द्वारा निर्णायक मंडली तथा लाभकारियों तक सहज ही पहुँच जाती है। माँग पर नाम मात्र की फीस लेकर मस्टर-रोलों, वाउचरों, आकलनों इत्यादि दस्तावेजों की फोटो प्रतियाँ प्राप्त की जा सकती हैं। लाभार्थियों के चयन के लिए भी प्रक्रिया निर्धारित है। किस मुहल्ले या हलके में हैंडपंप नहीं लगा है, सभी को विदित है। गलत जगह हैंडपंप लगाने या योजना ले जाने पर ग्राम-पंचायत में मार-पीट भी हो जाती है। यदि ग्राम-पंचायत या पंचायत समिति केवल अपने सदस्यों या अपने दल के समर्थकों को लाभ पहुँचाती रही तो आगामी चुनाव में उनकी पराजय सुनिश्चित है तथा उनकी शिकायत जिलाधिकारी से लेकर राज्य सरकार तक की जा सकती है। अब तो उनके इस आचरण के विरुद्ध अदालतों में भी जनहितकारी मुकदमा दर्ज किया जा सकता है। ग्राम-पंचायतों या पंचायत समितियों को सरकारी आदेशों के अनुरूप गरीबी रेखा (बी.पी.एल.) के नीचे रहनेवाले लोगों, विशेषतः अनुसूचित जाति, जनजाति, पिछड़े वर्ग तथा बहुसंख्यक लोगों को प्राथमिकता देनी चाहिए।

केरल के एक गैर-सरकारी संगठन ने लाभार्थियों के चयन की एक बहुत ही उत्तम प्रक्रिया विकसित की है, जो निर्धारित मानदंड के अनुसार अवार्ड ऑफ प्वॉइंट्स (बिंदुओं के विभाजन) पर आधारित है। केरल में नेबरहुड समितियों द्वारा चयन तथा बाद में ग्राम-सभा द्वारा चयन ऐसे ही मानदंड पर आधारित होगा तथा सूचियों को अंतिम रूप देने से पूर्व आपत्तियाँ आमंत्रित की जाएँगी। इस तरह से पारदर्शिता तथा जवाबदेही की व्यापक आवश्यकता है, जिसे पर्याप्त कानूनी समर्थन द्वारा पंचायत संस्थाओं के माध्यम से सुचारु रूप से कार्यान्वित किया जा सकता है। बड़ी-बड़ी योजनाओं पर हुए खर्च तथा उसका विवरण राष्ट्रीय तथा प्रांतीय स्तर पर समाचार-पत्रों

में प्रकाशित तो किया जाता है, पर उन्हें कोई नहीं पढ़ता-देखता है। यदि उसे वह देखता भी है तो सरकार की ओर से उदासीन भाव को दृष्टिगत रखते हुए वह आपत्ति या सुझाव-पत्र नहीं लिखता। अंततोगत्वा इस प्रक्रिया में समाचार-पत्रों के कुछ बड़े पूँजीवादी समूह लाभान्वित होते हैं, क्योंकि सरकार में उच्च पदस्थ अधिकारी तथा मंत्रिगण केवल इन्हीं समाचार-पत्रों की सुर्खियाँ देखते हैं।

6. श्रमदान आदि को प्रोत्साहन : पंचायतों के माध्यम से कार्यान्वित योजनाओं में जन-सहयोग स्वतः निहित है। लाभार्थियों की आस-पास के कार्यों में रुचि बढ़ती है। उन्हें परस्पर सहयोगपूर्वक काम करने से नागरिक जीवन में उचित शिक्षा एवं अनुभव प्राप्त होता है तथा नागरिकता की कला के लिए उन्हें अन्य प्रशिक्षण की आवश्यकता नहीं होती। यदि किसी योजना में श्रमदान अनिवार्य हुआ तो यह सोने में सुहागा सिद्ध होगा। एक साथ मिलकर गाँव या आस-पास के क्षेत्र के लिए अवैतनिक श्रम देने के कारण यह कार्य-प्रणाली परिश्रम, सहयोग एवं सहानुभूति सहित सार्वजनिक हित के लिए कार्य करना सिखाती है। यह देखा गया कि जिस योजना में स्थानीय लोगों ने श्रम किया उन योजनाओं को उन्होंने बाढ़ या भूचाल के समय अपनी जान पर खेलकर बचाया; जबकि प्रांतीय या सरकारी योजनाओं को स्थानीय लोग सार्वजनिक स्थलों की मान्यता प्राप्त होने के बावजूद उनको गंदा या नष्ट होने से नहीं बचाते हैं। यदि योजना ग्रामवासियों के श्रमदान द्वारा ही पूर्ण की गई है तो उसका कहना ही क्या है! उसकी मरम्मत या देख-रेख तो स्वतः हो जाती है। जो उस योजना को नष्ट करनेवाले हैं वे ही उसके रक्षक बन जाते हैं, क्योंकि उनके खून-पसीने से वह योजना तैयार हुई है। उसकी पूर्णता में उन्हें वही गर्व, लगाव एवं स्नेह होता है, जो किसी माता-पिता को अपनी संतान से अथवा किसी लेखक को अपनी कृति से होता है। यदि वृक्षारोपण या जल-ग्रहण क्षेत्र जैसी योजनाओं में स्थानीय लोगों को सतत लाभ का उचित अंश मिलता रहे तो वे उस योजना की अवैतनिक देख-रेख तो करेंगे ही, साथ में उसकी सतत वृद्धि तथा उन्नति के लिए भी प्रयत्नशील रहेंगे। सरकारी योजनाओं की भाँति उनकी देख-रेख के लिए सुरक्षा सेना की आवश्यकता नहीं होती, क्योंकि ग्रामवासियों को योजना से जोड़ने के कारण चोर-उचक्के रफूचक्कर हो जाते हैं।

त्रि स्तरीय पंचायतों में कार्यों का वर्गीकरण

पंचायतों के कार्यों को इस प्रकार वर्गीकृत किया जा सकता है—

क. सार्वजनिक विकास कार्य

ख. सार्वजनिक स्वास्थ्य

ग. सार्वजनिक शिक्षा

घ. सार्वजनिक सुविधाएँ

ङ. सार्वजनिक सुरक्षा च. सार्वजनिक लाभ सुधार

छ. वे कार्य, जो राज्य या केंद्रीय सरकारों द्वारा उनके जिम्मे किए जाते हैं।

पंचायत संस्थाओं की आय के प्रमुख साधन

1. स्वायत्त संपत्ति से आय
2. केंद्रीय अथवा प्रांतीय सरकारों से प्राप्त सहायता
3. केंद्रीय अथवा प्रांतीय करों से निश्चित अनुपात में प्राप्त भाग
4. स्वायत्त या स्वयंसेवी संस्थाओं द्वारा की गई सेवाओं से लाभ
5. व्यापारिक लाभ (फीस)
6. अन्य आमदनी।

पर देखा जा रहा है कि पंचायतें क्रमशः सरकारी सहायता तथा अनुदान पर दिन-प्रतिदिन आश्रित होती जा रही हैं। ऐसा न हो कि उनका भी हश्र नगर संस्थाओं, नगरपालिकाओं अथवा महानगरपालिकाओं जैसा हो जाए कि खर्च आमदनी से अधिक हो जाए तथा एक समय सरकार से प्राप्त सभी सहायता या अनुदान पंचायत सदस्यों के वेतन, भत्ते, सुख-सुविधाओं अथवा कर्मचारियों के वेतन पर ही खर्च हो जाएँ।

संविधान के भाग 9 के अनुसार ही देशव्यापी पंचायतों का स्वरूप होगा। संविधान के अनुच्छेद 243 'ढ' (243 N) के अनुसार—उस समय विद्यमान विधियों तथा पंचायतों का स्वरूप संविधान (तिहत्तरवाँ संशोधन) अधिनियम, 1992 के प्रवृत्त होने के पश्चात् एक वर्ष तक अधिकतम बना रह सकता है। यदि इसके बाद किसी पंचायत विधि के कारण किसी स्तरीय पंचायत का स्वरूप या कार्य संविधान के प्रावधानों या उपबंधों से असंगत है तो वह समाप्त माना जाएगा।

संविधान के अनुसार, तीन स्तरीय पंचायतों के मध्य इन प्रशासनिक तथा वित्तीय कार्यों या शक्तियों का विभाजन होगा। इस विभाजन का मूल आधार है कि प्रत्येक स्तर के पास वही काम रहेगा, जो उसका स्वाभाविक कार्य है।

(1) ग्राम-पंचायत

1. कर तथा फीस लगाना।
2. अपना वार्षिक बजट तैयार करना।
3. बैंक या वित्तीय संस्थाओं से ऋण लेना।
4. अपने कर्मचारियों को वेतन बाँटना।

5. ग्राम-पंचायत फंड को विनिर्दिष्ट कार्यों के लिए लगाना।
6. वर्ष में कम-से-कम दो बार ग्राम-सभा के सामने पूरा लेखा-जोखा प्रस्तुत करना।
7. सरकार या उच्च स्तरीय पंचायतों को आवश्यक सूचना देना और वित्तीय खर्च के आवश्यक प्रमाण-पत्र प्रेषित करना।
8. ग्राम-पंचायत का संचालन वैधानिक ढंग से करना।

(2) पंचायत समिति

1. आवश्यक कर, फीस या आय के स्रोतों से आय में वृद्धि करना।
2. पंचायत समिति का वार्षिक बजट तथा विवरण तैयार करना।
3. पंचायत समिति के फंड को निर्दिष्ट कार्यों में उपयोग करना।
4. चल रही योजनाओं में उचित वित्तीय उपयोगिता का निरीक्षण करना तथा योजना को समय के अनुसार कार्यान्वित करने के लिए चेष्टा करना। ग्राम पंचायतों को आवश्यक तकनीकी सहायता उपलब्ध कराना।
5. संपत्ति को प्राप्त करना, किराए पर देना अथवा स्थानांतरण करना।
6. पंचायत समिति के कार्यों को जिला परिषद के निर्देशों तथा राज्य या केंद्रीय सरकार के निर्देशों एवं विधि के अनुसार संचालन करना।
7. समय-समय पर जिला परिषद तथा राज्य सरकार को पंचायत समिति के कार्यों का विवरण तथा उपयोगिता प्रमाण-पत्र (यू.सीज.) प्रेषित करना।
8. दो या अधिक ग्राम-पंचायतों के क्षेत्र में पड़नेवाली योजनाओं का कार्यान्वयन करना।

(3) जिला परिषद

1. कर, फीस एवं आय के स्रोतों में वृद्धि करना तथा यह देखना कि तीन स्तरों की पंचायतें एक ही मद पर पृथक्-पृथक् कर, फीस या टोल न लगाएँ।
2. तीन स्तरीय पंचायतों के कार्यों में उचित समन्वय स्थापित करना।
3. जिला परिषद का वार्षिक बजट तथा विवरण तैयार करना।
4. जिले के लिए वार्षिक योजना तैयार करना तथा तैयारी में जिला योजना समिति को पूर्ण सहयोग देना।

5. जिला परिषद फंड तैयार करके उसको निर्दिष्ट कार्यों में लगाना तथा बैंक या वित्तीय संस्थाओं से उधार लेना।
6. अपने क्षेत्राधिकार में चल रही योजनाओं की निगरानी करना तथा पंचायत समिति को आवश्यक तकनीकी सहायता का मार्गदर्शन करना।
7. राज्य तथा केंद्रीय सरकार की योजनाओं और अन्य सरकारी व गैर-सरकारी संगठनों से संपर्क करके उनकी योजनाओं को सुचारु रूप से जिले में कार्यान्वित कराना।
8. पंचायत-प्रतिनिधियों के उचित प्रशिक्षण की व्यवस्था करना।
9. पंचायतों के नियमित हिसाब-किताब को तैयार करने में उचित मार्गदर्शन तथा सहयोग करना।
10. जिला स्तर पर सभी विभागों से आवश्यक समन्वय करके जन-कल्याण संबंधी योजनाओं का सम्यक् कार्यान्वयन सुनिश्चित करना।
11. दो या अधिक पंचायत समितियों के क्षेत्राधिकार में पड़नेवाली योजनाओं का कार्यान्वयन सीधे जिला परिषद द्वारा करना।

पंचायतों के स्वशासन की सफलता में कठिनाइयाँ

1. निर्णय लेने में विलंब

पंचायतों की बैठकों में सदस्यगण नियमित रूप से नहीं उपस्थित होते। प्रथम तो उन्हें पंचायत की समितियों या मुख्य बैठकों में सम्मिलित होने के लिए आवश्यक यात्रा-भत्ता नहीं मिलता और दूसरे, पंचायतों की बैठकों में सम्मिलित होने के लिए उन्हें अपने विभाग या संस्थान से अनुमति नहीं मिलती। यदि अनुमति मिल भी जाती है तो उन्हें उसके लिए आवश्यक समय उपलब्ध नहीं होता (उस विभाग या संस्थान की क्षति तो छोड़ ही दें)। अतः सदस्यगण पूरे मन-मस्तिष्क से पंचायतों के काम में भाग नहीं ले पाते। फिर पंचायतों की बैठकें वयस्क साक्षरता कक्षा की भाँति रात्रि में तो आयोजित होती नहीं हैं, क्योंकि पंचायतों की नौकरशाही या कर्मचारी भी सरकारी कर्मचारियों की भाँति केवल कार्यालय के समय, अर्थात् दस से पाँच, तक काम करना चाहते हैं। यदि सभी सदस्य तथा अध्यक्ष उपस्थित हो जाएँ तो वे निर्णय लेने में विलंब करते हैं, क्योंकि उनके दिमाग में अपने निर्वाचन मंडल तथा दल के स्वार्थ सर्वोपरि होते हैं। अतः निर्णय होने के पूर्व वे अपने दल के नेतृत्व से सलाह करना चाहते हैं। निर्णय लेते समय तकनीकी तथा नियोजन-संबंधी आँकड़े भी ठीक से उपलब्ध

नहीं होते हैं। निर्णय लेने के पश्चात् उन निर्णयों की पुष्टि संबंधित पंचायत के अध्यक्ष या वित्त अथवा समन्वय समिति द्वारा की जाती है। किसी भी समिति की बैठक बुलाने के लिए कम-से-कम सात दिनों का समय अनिवार्य रूप से देना पड़ता है। अतः निर्णय लेने, निर्णय का विवरण लिखने तथा उसे निर्गत करने में समय लगता है। कभी-कभी पंचायत समिति या जिला परिषद की मुख्य बैठक, जो वर्ष में एक या दो बार ही होती है, के बिना महत्त्वपूर्ण निर्णय नहीं लिये जा सकते हैं। अतः पंचायत के निर्णय लेने में लगा समय इस प्रकार दरशाया जा सकता है—

1. केंद्रीय या राज्य सरकार से योजना-संबंधी प्राप्त सरकारी आदेश — अप्रैल मास
2. सरकार से योजना के लिए आवंटित धनराशि की प्राप्ति सूचना — मई मास
3. पंचायत समिति या जिला परिषद की उप-समिति की बैठक तथा निर्णय — जून मास
4. वित्त समिति या अध्यक्ष द्वारा उप-समिति के निर्णय का अनुमोदन — जुलाई मास
5. निर्माण-कार्य के लिए निविदाओं का आमंत्रण — अगस्त मास
6. निविदाओं पर निर्णय — सितंबर मास
7. कार्य या योजना के कार्यान्वयन के लिए आवश्यक कार्यादेश (वर्क-ऑर्डर) निर्गत करना — अक्तूबर मास

इस प्रकार यदि पंचायत द्वारा किसी कार्य के लिए अक्तूबर तक आदेश निर्गत हो जाए तो उसे आदर्श स्थिति मानना चाहिए। वस्तुतः पंचायतों के कार्यों या योजनाओं के कार्यान्वयन में तीन मास अर्थात् जनवरी से मार्च मास तक का समय ही मिलता है। अतः योजना के कार्यान्वयन में उचित गुणवत्ता की आशा करना एक दिवास्वप्न ही कहा जा सकता है। इस विलंब को कम करने के लिए पंचायतों को सरकार की ओर से आदेश है कि वे पहले से कुछ स्वीकृत योजनाओं का डाटा बैंक बनाकर रखें, जिन्हें 'शेल्फ ऑफ स्कीम्स' भी कहते हैं, ताकि आश्वासन अथवा धनराशि के आवंटन मिलने पर कार्य तेजी से प्रारंभ किया जा सके; पर अनुभव द्वारा यह प्रमाणित हो चुका है कि जब कोई आपातकालीन परिस्थिति (जैसे—बाढ़, सूखा या भूस्खलन) आती है तो पंचायतें ही स्थानीय लोगों की सहायता के लिए सर्वप्रथम प्रभावी रूप से पहुँच पाती हैं; क्योंकि आपातकाल के लिए पंचायत के अध्यक्ष को

निश्चित कार्यविधि का पालन करना अनिवार्य नहीं होता है और अधिकांशतया ये कार्य स्थानीय पंचायत के द्वारा अपने कोष (फंड) से किए जाते हैं, जिनमें पंचायतों को तुलनात्मक रूप से निर्णय लेने की स्वायत्तता प्राप्त है। काश, पंचायतों के लिए आपातकालीन व्यवस्था को सामान्य व्यवस्था का रूप दिया जा सकता तथा अनिवार्य या दोषपूर्ण निर्णय के लिए पंचायत के पदाधिकारियों को भी सरकारी कर्मचारियों या अधिकारियों की भाँति दंड देने की सुचारु व्यवस्था होती।

2. जातिवाद, गुटबंदी, दलबाजी एवं यौन-वैषम्य

प्रायः पंचायतों के निर्णयों में गुटबंदी, दलबंदी या जातिवाद की भनक मिलती है। उदाहरणार्थ—कांग्रेस दल का पंचायत अध्यक्ष सफेद रंगवालों को प्राथमिकता देगा, जबकि भारतीय जनता पार्टी का अध्यक्ष भगवा, समाजवादी दल का अध्यक्ष हरा तथा सी.पी.एम. दल का नेता लाल रंगवाले लाभार्थी को ही वरीयता देगा; जबकि निर्वाचन के पश्चात् यह भेदभाव या पक्षपात दरकिनार कर देना चाहिए।

कई राज्यों में इसीलिए दलरहित पंचायतों के चुनाव कराए गए हैं, पर उस स्थिति में पंचायत पदाधिकारियों पर उनके दल का नियंत्रण कम हो जाता है। वह उससे भी बड़ी बुराई है। यह देखा गया है कि पंचायतों को उनके दल का नेता-वर्ग ही नैतिक तथा सामाजिक जिम्मेदारी में बाँधकर रख सकता है, क्योंकि निर्वाचित प्रतिनिधियों पर राजनीतिक दल का (अपवादों को छोड़कर) अधिक प्रभाव होता है। आजकल जातिवाद भी घुन की भाँति हमारे राजनीतिक तंत्र को खोखला कर रहा है। पंचायत स्तर पर ये बुराइयाँ और भी मुखर हो उठती हैं, क्योंकि सभी उन निर्णयों के उपभोक्ताओं पर सीधे प्रभाव के विषय में सुपरिचित होते हैं। आजकल भी उत्तरी भारत (जैसे—राजस्थान, हरियाणा आदि राज्यों) में पंचायतों में निम्न वर्गों या उपेक्षित वर्गों को आवश्यक प्रतिनिधित्व प्राप्त नहीं हो पा रहा है। यदि उन्हें पद दिया भी जाता है तो वे गाँव में परंपरागत सामंतों तथा जमींदारों के इशारों पर ही चलते हैं। यह उदाहरण महिला पदाधिकारियों पर और भी लागू होता है। वास्तव में परदे के पीछे उनके पति ही पंचायतों के काम का संचालन करते हैं। कहीं-कहीं पंचायत की महिला पदाधिकारियों को प्रताड़ित भी किया गया, जैसे—मध्य प्रदेश के सीहोर जिला की एक ग्राम-पंचायत प्रधान मध्य प्रदेश के मुख्यमंत्री के रुचि लेने पर ही सन् 2001 के स्वतंत्रता-दिवस के अवसर पर अपनी ग्राम-पंचायत में राष्ट्रीय ध्वज फहरा सकी। सांप्रदायिकता, गुटबंदी और दलबाजी जैसे शत्रुओं के विरुद्ध राजनीतिक दलों को एकमत तथा एकजुट होना पड़ेगा। प्रशासनिक हस्तक्षेप से इस समस्या के समाधान में

वर्षों का समय लगेगा। यौन-वैषम्य को कम करने के लिए प्रशासन की अहम भूमिका है, क्योंकि यौन-वैषम्य कई कानूनों के अंतर्गत दंडनीय है। आवश्यकता है पुलिस प्रशासन द्वारा इन प्रावधानों के सुचारु कार्यान्वयन की।

3. शिक्षा की न्यूनता

पंचायत के लाखों प्रतिनिधियों के निर्वाचन के लिए कोई शैक्षिक योग्यता आवश्यक नहीं है। इस कारण पंचायत के प्रतिनिधियों द्वारा योजना-संबंधी सरकारी निर्देशों की बारीकियों को समझना मुश्किल है। पंचायत की सभाओं में लिये गए प्रस्तावों को भी वे सूक्ष्मता से नहीं समझ सकते। इसका फल यह होता है कि पंचायत संस्थाओं के अधिकारी गाँव के कुछ शिक्षित तथा प्रभावशाली व्यक्तियों के साथ मिलकर पंचायतों पर अपनी पकड़ बनाए रखते हैं। इसका एक हल यह है कि पंचायत-प्रतिनिधियों को आवश्यक प्रशिक्षण दिया जाए। पंचायत के कार्यों में नौकरशाही की भाँति औपचारिकता को भी कम होना चाहिए। यदि ऐसा नहीं हुआ तो पंचायतों की स्थापना का उद्‌देश्य ही पूरा नहीं होगा। पश्चिम बंगाल में कई प्रधान ऐसे हैं, जो दिन में मजदूर हैं अथवा बस में कंडक्टरी जैसी छोटी-मोटी नौकरियाँ करते हैं। देश में सभी पंचायतों में भूमिहीन, खेत मजदूर चुनकर आए हैं। अतः यह आवश्यक है कि उन्हें सशक्त किया जाए तथा उचित अवसर देकर पंचायतों के निर्णय में उनके सुझावों को महत्त्व दिया जाए। पंचायत के कुछ प्रतिनिधि शिक्षा में कमजोर हो सकते हैं, पर स्थानीय अनुभव तथा सामाजिक योग्यता में वे किसी से कम नहीं हैं। फिर, पंचायतों के प्रस्तावों को लिखने के लिए तो पंचायत के शिक्षित कर्मचारी और अधिकारी नियुक्त हैं।

4. सरकार की उदासीनता

यह समझ में नहीं आता कि क्यों राज्य सरकारें पंचायतों को प्रथम दिन से ही अपना प्रतिद्वंद्वी मान लेती हैं। वस्तुतः वे उनकी छोटी बहनें हैं। वे तो राज्य सरकारों की योजनाओं का सुचारु रूप से रूपायन करने हेतु सस्ता तथा ईमानदार माध्यम हैं। आजकल नौकरशाही की जवाबदेही सुनिश्चित करना लगभग असंभव है, क्योंकि उन्हें अदालतों से अत्यधिक संरक्षण प्राप्त है। इस समस्या का समाधान पंचायतों को विकास कार्यों से संबद्ध करना है। सभी सरकारों के गैर-योजना खर्च इतने बढ़ गए हैं कि उनकी और वृद्धि करना निषिद्ध है। जब कोई नई योजना आरंभ होती है तो उसके लिए आवश्यक कर्मचारियों तथा अधिकारियों की आवश्यक नियुक्ति की सूची

पहले तैयार हो जाती है। ऐसी अवस्था में राज्य सरकारों के सामने पंचायतों के माध्यम से प्रशासन संचालन करने के अतिरिक्त कोई उपाय नहीं है। सरकारी कर्मचारी तो अपनी सेवा शर्तों, वेतनमानों, अवकाश, अर्जित अवकाश, स्वास्थ्य-संबंधी सुविधाओं तथा एक-दूसरे के नियंत्रण में ही व्यस्त रहते हैं। उन्हें सामाजिक कल्याण जैसे कार्यों की ओर गिद्ध दृष्टि रखने की फुरसत कहाँ है। वास्तव में सरकारी कर्मचारी आजकल इतनी समस्याओं से घिरे हैं कि वे अपना एवं अपने परिवार का ही ध्यान ठीक तरह से नहीं रख पाते। कई बार राज्य सरकारें पंचायतों के कार्य में अनधिकार हस्तक्षेप करती हैं। वे प्रशासन के माध्यम से पंचायतों के पदाधिकारियों के नाम से पुलिस में रपटें लिखवा देती हैं। इस प्रकार की अनधिकृत चेष्टाओं को रोकने के लिए सरकार की ओर से प्रशासन के लिए भी आचार-संहिता निर्धारित होनी चाहिए, ताकि पंचायतों का अन्यायपूर्वक या बलपूर्वक गला घोंटनेवाले परंपरावादी अधिकारियों का दायित्व स्थिर हो सके।

5. अधिकारों की कमी

पंचायत पदाधिकारियों को सरकारी निर्देशों से इतना बाँध दिया जाता है कि वे उस वातावरण में स्वयं को स्वच्छंद महसूस कर नहीं पाते। दूसरे, उनके सामने सरकारी निर्देशों की व्याख्या वे सरकारी अधिकारी ही करते हैं, जो सदैव ऋणात्मक तरीके से उनकी व्याख्या करते आए हैं तथा जिन्होंने नौकरशाही को निष्क्रिय और अनुपयोगी बना दिया है। इस समस्या से निबटने के लिए स्थानीय आवश्यकताओं के अनुसार पंचायतों को सरकारी निर्देशों की व्याख्या लचीले ढंग से करने का अधिकार होना चाहिए, जैसे—सरकारी अधिकारी 'जनहित' की आड़ में कोई भी कार्य करके बच निकलते हैं; पर अधिकारों की वृद्धि तथा विवेकीय शक्ति देने के पूर्व पंचायतों के हिसाब-किताब के लेखा-परीक्षण की पक्की तथा अचूक (लीकप्रूफ) व्यवस्था होनी चाहिए। जनता के धन का अपव्यय करने का अधिकार किसी को भी नहीं दिया जा सकता है, चाहे वह जनता स्वयं ही क्यों न हो। मुख्य उद्देश्य है 'जन-कल्याण'। अतः पंचायतों को यह सुनिश्चित करना होगा कि योजनाओं का लाभ उपभोक्ताओं तथा लाभार्थियों तक पहुँचे। उस अवस्था में उनके अधिकारों की व्याख्या और बढ़ा-चढ़ाकर की जा सकती है।

यह भी देखा जाता है कि कुछ पंचायत पदाधिकारियों या प्रतिनिधियों में नागरिक भावना का अभाव होता है। वे अपने निर्वाचन-क्षेत्र या गाँव के बाहर नहीं सोच सकते। प्रत्येक नागरिक का कर्तव्य है कि वह 'देशहित' को सामने रखकर कार्य

करे। शनैः-शनैः तथा आँकड़ों द्वारा पंचायत-प्रतिनिधियों को शिक्षित एवं सचेत करने के पश्चात् वे निश्चय ही पक्षपातरहित एवं बहुजन-हिताय बहुजन-सुखाय की दृष्टि से पंचायतों में बैठकर निर्णय लेंगे।

6. आमदनी का अभाव

पंचायतों के सामने मुख्य समस्या आर्थिक संसाधनों का अभाव है। राज्य सरकारों के पास धन का अभाव है। वे 'अनटाइड' योजना मद से पंचायतों को अधिक धन नहीं देना चाहते हैं। एक सुझाव के अनुसार, 'अनटाइड' अनुदानों में सत्तर प्रतिशत ग्राम-पंचायतों को आवंटित होना चाहिए, जबकि तीस प्रतिशत पंचायत समितियों तथा जिला परिषदों को। पंचायत समितियों एवं जिला परिषदों को करों, फीस तथा उनकी संपत्ति से काफी आमदनी होती है; जबकि ग्राम-पंचायतों की आमदनी नगण्य होती है। अतः ग्राम-पंचायतों की ओर विशेष ध्यान देने की आवश्यकता है। केंद्रीय सरकार ने आजकल पंचायत समितियों तथा जिला परिषदों को इतनी योजनाओं के कार्यान्वयन का भार सौंप दिया है कि उनका बजट पुराने खंडों तथा जिलाधीश कार्यालयों से कई गुना हो गया है। फिर, पंचायत समितियाँ एवं जिला परिषद कर, टोल तथा फीस लगाने की शक्ति स्वयं रखती हैं तथा कर आदि को दुहरा होने से बचाने के तर्क के द्वारा ग्राम-पंचायतों को साधनविहीन करके रखती हैं।

सुझाव

निम्नलिखित पदक्षेप लेकर राज्य सरकारें पंचायतों के माध्यम से पंचायत स्वशासन पद्धति को प्रभावी, शक्तिशाली तथा सफल मंडित कर सकती हैं—

(क) पंचायतों के संगठन में सुधार और प्रत्येक स्तर की पंचायत के कार्यों का उचित तथा तर्कसंगत विभाजन।

(ख) सरकार द्वारा पंचायतों की योजनाओं के कार्यान्वयन को प्रोत्साहन।

(ग) पंचायतों को गैर-पंचायती काम भी सौंपना, ताकि पंचायतों का विरोधी खेमा चुप होकर आत्मविश्लेषण करे और अपने अस्तित्व को बचाने की लड़ाई में व्यस्त रहे।

(घ) सरकार का पंचायतों पर अनावश्यक नियंत्रण कम करना तथा उसे नियमित करना, ताकि पंचायत से संबंधित स्तर द्वारा उसे समझकर आवश्यक सुधार किया जा सके और उनके द्वारा सरकारी आदेशों का अनुपालन ठीक-ठीक किया जा सके। ऐसा न हो कि ईमानदारी तथा

लगन से काम करनेवाला कोई पंचायत पदाधिकारी जेल की सलाखों के पीछे चला जाए। इससे अच्छा होगा कि वह दोषी पंचायत पदाधिकारी छूट जाए, जैसी हमारी न्याय-प्रक्रिया में व्यवस्था निहित है। यदि ऐसा नहीं हुआ तो अवैतनिक पंचायत प्रतिनिधिगण विकास कार्यों का सिरदर्द मोल नहीं लेंगे।

(ङ) पंचायत-प्रणाली की सफलता के लिए चैतन्य जनमत का निर्माण करना अति आवश्यक है। हो सके तो सामाजिक तथा धार्मिक सुधारों के लिए किसी सरकारी तंत्र की स्थापना की जाए। चैतन्य तथा स्वस्थ जनमत ही भ्रष्ट, अकर्मण्य तथा दोषी पंचायत पदाधिकारियों को उनके पदों से वापस बुलाने का महत्त्वपूर्ण काम करने का साहस कर सकता है।

(च) पंचायतों या कार्यसमितियों के अध्यक्ष या सभापति ऐसे व्यक्ति निर्वाचित हों, जो आवश्यक रूप से शिक्षित, योग्य तथा ईमानदार हों। इसमें दलबाजी या गुटबाजी नहीं होनी चाहिए।

(छ) सभी राजनीतिक दलों, सामाजिक कार्यकर्ताओं तथा स्वयंसेवी संगठनों को एकजुट होकर पंचायतों के कार्यों में यौन-वैषम्य, जातिवाद, गुटबंदी तथा सांप्रदायिकता का उन्मूलन करना चाहिए। लेशमात्र पक्षपात पंचायत-प्रणाली को विफलता के पथ पर आरूढ़ कर देगा। निर्धन निर्धन है; उसकी न कोई जाति है, न धर्म। गरीबी उसकी जाति है और अभाव उसका धर्म। पंचायत प्रतिनिधियों को गरीबी का उन्मूलन करने के पूर्व परस्पर वैषम्य, ईर्ष्या, प्रतियोगिता, गुटबंदी इत्यादि का बहिष्कार करना होगा। यही पंचायतों की सफलता की कुंजी है।

□

पंचायतों की वित्तीय स्थिति

यदि पंचायतों को समुचित वित्तीय संसाधन उपलब्ध नहीं कराए गए तो संविधान के भाग 9 में पंचायती राज तथा भाग 9 (क) अनुच्छेद 243 य, घ में जिला योजना की अवधारणा ग्रामवासियों के लिए मात्र कागज पर उल्लिखित स्वप्निल संसार बनकर रह जाएगी।

स्वशासन की संस्थाओं के रूप में इनकी नई भूमिका के अनुरूप पंचायतों के लिए निधियों का प्रवाह समुचित ढंग से होना चाहिए, ताकि इन्हें प्रभावी ढंग से कार्य करने में सक्षम बनाया जा सके। निधियाँ सौंपे गए कार्यों के अनुरूप होनी चाहिए, अन्यथा संविधान की ग्यारहवीं अनुसूची में उल्लिखित विषय केवल संविधान तक सीमित रह जाएँगे।

संविधान के अनुच्छेद 243-झ में राज्य वित्त आयोग गठित करने का प्रावधान है, ताकि पंचायतों की वित्तीय स्थिति की समीक्षा की जा सके तथा अनुच्छेद 243-ज में उल्लिखित प्रमुख मुद्दों को लागू करनेवाले सिद्धांतों के लिए राज्यपाल के पास सिफारिशें भेज सकें।

राज्यों को स्वशासन की संस्था के रूप में कार्य करने में सक्षम बनाने के लिए पंचायतों को पर्याप्त वित्त सौंपने से पूर्व अपने संसाधनों को मजबूत करना होता है। इस आवश्यकता को पूरा करने के लिए केंद्रीय वित्त आयोग से संबंधित संविधान के अनुच्छेद 280 के प्रावधान में निम्न उपबंध जोड़ा गया—(ख ख) राज्य के वित्त आयोग द्वारा की गई सिफारिशों के आधार पर राज्य में पंचायतों के संसाधनों की अनुपूर्ति के लिए किसी राज्य की संचित निधि के संवर्धन के लिए आवश्यक उपायों के बारे में राष्ट्रपति को सिफारिश करेगा।

राज्य वित्त आयोग का गठन

चंडीगढ़ को छोड़ अधिकतर राज्यों/संघ-शासित क्षेत्रों ने प्रथम अपने राज्य में वित्त आयोग गठित कर लिये हैं; या तो राज्य वित्त आयोग (एस.एफ.सी.) के गठन

में विलंब हुआ है अथवा एस.एफ.सी. ने रिपोर्टों को प्रस्तुत करने में काफी समय लगाया है। जुलाई 2001 तक बिहार के अतिरिक्त अधिकतर राज्यों/संघ-शासित क्षेत्रों में राज्य वित्त आयोग को सिफारिशें प्राप्त हो गई थीं। इन राज्यों/संघ-शासित क्षेत्रों ने या तो आंशिक रूप से अथवा पूर्ण रूप से राज्य वित्त आयोग की सिफारिशों को मान लिया था, पर सिफारिशें स्वीकार करने तथा उनका क्रियान्वयन करने में विलंब होता है।

अनुच्छेद 243-झ के अनुसार, प्रत्येक पाँच वर्षों में राज्य वित्त आयोग गठित किया जाएगा। इस प्रकार अनेक राज्यों में जुलाई 2001 तक दूसरे राज्य वित्त आयोग का गठन नहीं हुआ था। हालाँकि आंध्र प्रदेश, हिमाचल प्रदेश, कर्नाटक, तमिलनाडु, त्रिपुरा, उत्तर प्रदेश, पश्चिम बंगाल इत्यादि राज्यों ने दूसरे राज्य वित्त आयोग का गठन तब तक कर लिया था। इस प्रकार राज्य सरकारें राज्य वित्त आयोग के माध्यम से भी वित्तीय संसाधनों को पंचायतों के साथ बाँटने में टाल-मटोल करती हैं। वास्तव में राज्यों की वित्तीय स्थिति नाजुक है। उपलब्ध वित्तीय संसाधन उनके संचालन के लिए पर्याप्त नहीं हैं। ऐसी स्थिति में ऐसे भ्रम की स्थिति उत्पन्न होना स्वाभाविक है। दूसरे, संविधान द्वारा पंचायती राज संस्थाओं को मान्यता देना एक क्रांतिकारी कदम है एवं किसी भी क्रांतिकारी कदम या योजना को कार्यान्वित करने में आरंभिक बाधाएँ आती ही हैं, पर संवैधानिक प्रावधान का कार्यान्वित होना भी अवश्यंभावी है। हाँ, विलंब हो सकता है।

पंचायतों के राजस्व तथा खर्च की स्थिति

पंचायत संस्थाओं का खर्च मुख्यतः जल-आपूर्ति, सड़कों के विद्युतीकरण या सड़कों पर प्रकाश, स्वच्छता तथा सड़कों के निर्माण पर होता है। ग्यारहवें वित्त आयोग की रपट में प्रकाशित आँकड़ों के अनुसार सन् 1997-98 में ग्राम-पंचायतों को कुल 545 करोड़ रुपए का राजस्व प्राप्त हुआ, जबकि उनका कुल खर्च 537.7 करोड़ रुपए था। इसी प्रकार पंचायत समितियों की कुल राजस्व-प्राप्ति 4305 करोड़ रुपए की थी, जबकि उसी वर्ष (1997-98 में) खर्च 6,020 करोड़ रुपए थी। जिला परिषदों को देश में कुल राजस्व से आय सन् 1997-98 में 9,599 करोड़ रुपए हुई, जबकि उनका खर्च 9,544 करोड़ रुपए था। इसका अर्थ है कि वित्तीय नियोजन में ग्राम-पंचायतों तथा जिला परिषदों की स्थिति उत्तम है, जबकि मध्य स्तर अर्थात् पंचायत समितियों के स्तर पर आय से अधिक खर्च है। यदि पंचायतों पर सरकारों की ओर से कुल खर्च देखा जाए तो सन् 1997-98 के आँकड़ों के अनुसार यह रकम 20,931 करोड़ रुपए थी, जबकि कुल आय 19,356 करोड़ रुपए थी। इस

प्रकार पंचायत स्तरों पर काफी वित्तीय अनुशासन है। वे राज्य सरकारों का सिरदर्द नहीं हैं।

इसके विपरीत नगरपालिकाओं की स्थिति उनमें निहित वित्तीय अनुशासनहीनता का द्योतक है। सन् 1997-98 में शहरी स्थानीय संस्थाओं को कुल राजस्व आय 12,179 करोड़ रुपए की हुई, जबकि उनपर कुल खर्च 1,51,308 करोड़ रुपए था, जो न तो जनसंख्या के अनुपात में उचित है और न ही उनकी आमदनी के हिसाब से न्यायसंगत है। यह विसंगति मुख्यतः दस लाख से ऊपर की जनसंख्यावाले शहरों की 96 नगर महापालिकाओं के ऊपर खर्च के कारण है। सन् 1997-98 में इन नगर महापालिकाओं को कुल 8,091 करोड़ रुपए की आमदनी हुई, जबकि उन्होंने 1,30,562 करोड़ रुपए खर्च किए। असमानता का यह कारण समझ में नहीं आता है। सन् 2001 की जनगणना के अनुसार, 27.5% आबादी शहरों में निवास करती है, जबकि 72.5% गाँवों में निवास करती है। ग्रामों में निर्धनता भी अधिक है। इस असमानता को ग्यारहवें वित्त आयोग (जून 2000) ने दूर करने का प्रयत्न किया है। उसने पंचायतों के लिए जहाँ राज्यों को 1,600 करोड़ रुपए का अनुदान मंजूर किया है वहाँ नगरपालिकाओं तथा नगर महापालिकाओं के लिए केवल 400 करोड़ रुपए का प्रावधान रखा है। यह स्वाभाविक ही है, क्योंकि जहाँ देश में 2,32,278 ग्राम-पंचायतें, 5,905 पंचायत समितियाँ तथा 499 जिला परिषदें हैं, वहाँ केवल 2,092 नगर पंचायतें, 1,494 नगरपालिकाएँ तथा 96 नगर महापालिकाएँ हैं। ग्यारहवें वित्त आयोग ने पंचायतों को दिए जानेवाले अनुदान निश्चित करने के लिए राज्य की जनसंख्या को 40%, विकेंद्रीकरण प्रक्रिया को 20%, सर्वोच्च प्रति व्यक्ति आय से दूरी को 20%, राजस्व प्रयत्नों तथा भौगोलिक क्षेत्र के विस्तार को 10-10 प्रतिशत महत्त्व (वेटेज) दिया है। ग्यारहवें वित्त आयोग ने पंचायत संस्थाओं के वित्तीय बजट की स्थिति के विषय में विश्वसनीय आँकड़ा तैयार करने के लिए 197 करोड़ रुपए की राशि का प्रावधान किया है, ताकि पंचायतों की वित्तीय आवश्यकताओं का सही-सही आकलन किया जा सके तथा इस प्रकार उन्हें या तो संसाधन जुटाने के लिए कराधान की शक्ति दी जाए अथवा राज्य सरकारों से अनुदान या सहायता राशि प्राप्त हो। जहाँ ग्यारहवें वित्त आयोग ने पंचायतों की नई व्यवस्था के प्रति पूर्ण आदर-सम्मान तथा विश्वास प्रकट किया है वहाँ पंचायत तथा प्रखंड स्तर पर पंचायतों के हिसाब-किताब को सुचारु रूप से रखने के लिए प्रत्येक को 4,000 रुपए वार्षिक अनुदान देने के लिए 99 करोड़ रुपए का प्रावधान किया है। ग्यारहवें वित्त आयोग ने मुख्य लेखा नियंत्रण (सी.ए.जी.) से अनुरोध किया है कि वे पंचायत के हिसाब-किताब तथा लेखा-जोखा (ऑडिट) की समुचित व्यवस्था करें। यदि आवश्यकता

हो तो पंचायतों के लिए एक पृथक् मुख्य लेखा नियंत्रण नियुक्त करें। निदेशक, स्थानीय निधि ऑडिट तथा निदेशक, पंचायत विभाग को इन कार्यों में विशेष तत्परता का परिचय देना चाहिए। ऐसा न हो कि पंचायत संस्थाएँ भी नौकरशाही संस्थाओं की भाँति सरकार पर परजीवी (पैरासाइट्स) न हो जाएँ तथा जनता को उनसे भी निराश होना पड़े।

क्या पंचायतें आर्थिक रूप से स्वावलंबी हैं ?

संविधान के अनुच्छेद 243-ज के अनुसार, पंचायतें शुल्क, पथ-कर और फीसें लगा सकती हैं तथा एकत्र कर सकती हैं, पर राज्य के विधानमंडलों को इसके लिए कानून बनाना पड़ेगा।

राज्यों में पंचायत संस्थाएँ प्रायः चुंगी, गृह-कर, मेला-कर, जल-कर, व्यापार-कर या व्यवसाय-कर अथवा फीस वसूल करती हैं। पश्चिम बंगाल सरकार ने तो भूमि राजस्व में पंचायतों के लिए एक बहुत बड़ा अंश निर्धारित कर दिया है। भारत सरकार के ग्रामीण विकास मंत्रालय ने राज्यों को सलाह दी है कि वे पंचायतों को उनके क्षेत्राधिकार में संपत्ति, व्यवसाय, मनोरंजन तथा विज्ञापन-कर लगाने तथा वसूल करने की स्वतंत्रता दें। ये संस्थाएँ बाजार या चुंगी-कर वसूल करें, जहाँ वे ग्रामवासियों को हाट, मेले तथा बाजार में बिक्री-खरीद अर्थात् विपणन की सुविधाएँ उपलब्ध कराती हैं।

राजस्थान पंचायत राज अधिनियम, 1994 धारा 65 के अंतर्गत राजस्थान सरकार ने पंचायतों को निम्नलिखित कर लगाने तथा वसूलने की शक्ति दी—

1. मकान-कर
2. पशुओं तथा वस्तुओं पर चुंगी
3. कृषि के अतिरिक्त प्रयोग में आनेवाली गाड़ियों, मोटरगाड़ियों पर कर
4. पेयजल पर कर
5. व्यापारिक/वाणिज्यिक फसलों पर कर
6. सार्वजनिक कार्यों के लिए विशेष कर
7. तीर्थ-यात्री कर।

व्यावहारिक रूप से यह देखा गया है कि कोई भी उपर्युक्त कर सफलतापूर्वक वसूल नहीं किया जा सका। गृह-कर नगरपालिकाएँ ही वसूल नहीं कर पाती हैं, अतः ग्रामीण क्षेत्रों में तो प्रश्न ही नहीं उठता। चुंगी-कर तो नगरपालिकाएँ भी आजकल वसूल नहीं कर पा रही हैं। अतः पंचायतें कैसे इसे नवीन प्रकार से प्रारंभ कर सकती

हैं! गाँवों में ट्रैक्टर आदि के अतिरिक्त मोटरगाड़ियाँ बहुत कम हैं। पेयजल के स्रोत सरकार ने लगाए हैं तथा ग्रामवासी वर्षों से उनके लिए कोई कर नहीं दे रहे हैं; पर नलकूप आदि के रख-रखाव के लिए लाभार्थियों का समूह बनाकर उनसे रख-रखाव के लिए आवश्यक धन एकत्र किया जा सकता है। इसी प्रकार सभी ग्रामों में व्यापारिक फसलें पैदा नहीं होती हैं। हाँ, जो श्रमदान न दें, उनपर अवश्य ही सार्वजनिक कर वसूलना चाहिए। तीर्थयात्री-कर लगने से पर्यटक कम आते हैं, अतः ऐसा कर पहले से ही जयपुर, उदयपुर आदि पर्यटक स्थलों में सफल नहीं हो सका। इस प्रकार पंचायत के लिए करों के निर्धारण तथा वसूलने की सरकार की नीति विफल हो गई।

यह देखा गया है कि जिन पंचायती राज संस्थाओं ने गत वर्षों में सरकारी अनुदान से दुकानें, बाजार, धर्मशाला, स्कूल इत्यादि बना दिए थे, उनसे वे काफी आमदनी कर रही हैं। कई पंचायती राज संस्थाओं के पास अपने तालाब हैं, जहाँ मत्स्यपालन से उन्हें आमदनी होती है। कुछ जिला परिषदों के पास बड़े-बड़े सार्वजनिक हॉल हैं, जो नियमित रूप से सांस्कृतिक कार्यक्रमों तथा विवाहों के लिए किराए पर दिए जाते हैं। कई पंचायती राज संस्थाओं के पास उद्यान हैं, जहाँ फल-फूल तथा उनकी पौध उत्पन्न होती है, जिससे पंचायतों को नियमित आमदनी होती है। मेले, हाट, बाजारों से तो पंचायतें सदियों से आमदनी करती आ रही हैं तथा लोग उन करों का प्रसन्नतापूर्वक भुगतान करते हैं। मनोरंजन तथा विज्ञापन भी ऐसे क्षेत्र हैं, जहाँ किसी को कर देने में आपत्ति नहीं होगी। अतः पंचायती राज संस्थाओं को आत्मविश्लेषण करना होगा कि किस प्रकार वे ग्रामवासियों के सहयोग से किन-किन मदों पर कर, फीस या चुंगी लगा सकती हैं तथा वसूली कर सकती हैं। कर या फीस लगाते समय यह ध्यान रहे कि एक ही मद पर तीनों पंचायतें कर या फीस न लगा दें, अन्यथा पंचायती राज संस्थाएँ संविधान के भाग 9 के अनुरूप जमने से पूर्व ही उखड़ जाएँगी। यह सत्य है कि राज्य या केंद्र सरकार के वित्तीय अनुदान या सहायता के बिना पंचायती राज संस्थाएँ सुचारु रूप से कार्य नहीं कर सकतीं। उसके लिए केंद्रीय सरकार को चाहिए कि अपनी योजनाओं के कार्यान्वयन की प्रक्रिया सदैव पंचायती राज संस्थाओं के माध्यम से रखे तथा पंचायतों को इसके लिए एजेंसी चार्ज या विभागीय खर्च दे, जैसा वे राज्य सरकार के अन्य विभागों को देती हैं। दूसरे, राज्य सरकारों को भी अपनी स्वतंत्र (अनटाइड) निधि से पंचायतों को धन उपलब्ध कराना चाहिए तथा उन्हें कर्मचारी और अधिकारी मुफ्त में उपलब्ध कराना चाहिए।

यदि इस प्रकार कदम उठाए गए तो पंचायत संस्थाएँ केंद्रीय सरकार तथा राज्य

सरकारों की योजनाओं को कार्यान्वित करके इतना धन इकट्ठा कर लेंगी कि वे आत्मनिर्भर हो जाएँ; पर इन योजनाओं के कार्यान्वयन के प्रति उन्हें यथेष्ट सचेत होना पड़ेगा तथा समय पर ठीक-ठीक काम संपन्न करना सुनिश्चित करना पड़ेगा। तमिलनाडु प्रांत जैसी पंचायतों पर रोक लगे कि वे अपनी आय का 40% से ज्यादा पंचायत के चलाने अर्थात् वेतन, यात्रा आदि भत्तों पर खर्च न करें तथा 20% अंश सदैव पंचायत निधि में जमा रखें। इस प्रकार पंचायतों की आय के स्रोत बढ़ने तथा उनमें वित्तीय अनुशासन के आने के बाद पंचायतें काफी सीमा तक स्वावलंबी हो सकती हैं। तभी गांधीजी का स्वप्न साकार हो सकेगा। परावलंबी व्यक्ति या संस्था किसी को चुनौती नहीं दे सकती।

पंचायतों द्वारा फिजूलखर्ची

कभी-कभी पंचायती राज संस्थाएँ पंचायत की सभाओं पर तथा भूमिपूजन, शिलान्यास, उद्घाटन इत्यादि समारोहों पर अनावश्यक रूप से खर्च करती हैं। पंचायत के पदाधिकारी यद्यपि अवैतनिक होते हैं, पर वे अप्रत्यक्ष रूप से अपनी मोटरगाड़ियों तथा टेलीफोनों पर अनावश्यक रूप से खर्च करते हैं। वे योजनाएँ देखने के लिए बाहर के राज्यों की भी यात्राएँ खूब करते हैं। यह सब तो नौकरशाही तंत्र में भी होता है। इसके अतिरिक्त पंचायत संस्थाएँ अपने राजनीतिक उत्सवों, सभाओं, जुलूसों तथा जलसे पर खर्च करती हैं, जिससे पंचायत संस्था की कार्य-संस्कृति पर खराब प्रभाव पड़ता है। यह आवश्यक है कि पंचायतों को भी राज्य का पंचायत विभाग कड़े अनुशासन में रखे, ताकि पंचायत संस्थाएँ मतदाताओं की आशाओं तथा आकांक्षाओं को पूरा कर सकें। जिला परिषद अध्यक्ष का प्रभाव राज्य स्तर पर इतना रहता है कि उनके आदेशों का उल्लंघन करने का साहस सामान्यतः कोई नहीं करता है। यह आवश्यक भी है, क्योंकि राज्य की राजनीतिक इच्छाशक्ति इसी तथ्य से प्रकट होती है कि जिला परिषद के सभापति की राज्य प्रशासन में कितनी आवाज सुनी जाती है। यदि ऐसा नहीं हुआ तो जिला स्तर के अधिकारी बेलगाम हो जाएँगे तथा पूर्व की भाँति अपना पृथक्-पृथक् विभागीय स्वर अलापने लगेंगे। दूसरे, हमारे देश में जिलाधीश का पद परंपरागत रूप से जिले का सबसे अधिक शक्तिशाली पद है, जिसमें जनता का अटूट विश्वास है। अतः जिलाधीश को यह शक्ति प्राप्त होनी चाहिए कि वह कम-से-कम ग्राम-पंचायत स्तर पर धन के अपव्यय तथा भ्रष्टाचार की शिकायतों पर अपने स्तर से ही कार्रवाई कर सके।

पुलिस प्रशासन को भी जिला परिषद के प्रभाव से दूर रखना आवश्यक है, ताकि वित्तीय अनियमितताओं की जाँच तथा कार्रवाई शीघ्र एवं सुचारु रूप से हो

सके। सारांश में, पंचायत स्तर पर भी 'चेक एंड बैलेंस' की व्यवस्था उचित है, जो हमने संविधान की मूल भावना के रूप में ग्रहण किया है। भारत की जनता इतनी सचेत नहीं हुई है कि वह पंचायतों के वित्तीय कार्यकलापों पर निगरानी रख सके। यदि वह शिकायतें करती भी है तो वे रद्‌दी की टोकरी में डाल दी जाती हैं। इस कारण भारतीय जनता प्रशासन या विकास तंत्र की ओर से क्रमशः उदासीन होती जा रही है। पंचायतों के सभी वित्तीय निर्णय-संबंधी कागजात नोटिस बोर्ड पर लगाकर तथा स्थानीय समाचार-पत्रों में प्रकाशित करवाकर अथवा आम लोगों के निरीक्षण हेतु संबंधित रिकॉर्ड उपलब्ध कराकर पंचायतों के काम में और पारदर्शिता लाई जा सकती है। ग्राम-पंचायतें तो सामाजिक लेखा परीक्षा ग्राम-सभा के समक्ष वर्ष में प्रस्तुत करती ही हैं, पर ऐसा ही प्रखंड स्तर की तथा जिला स्तर की पंचायतों को भी करना चाहिए। केरल प्रदेश में ऐसा प्रयोग सफल हुआ है।

जिला नियोजन समितियों का योगदान

अनुच्छेद 243 य, घ (जिसे अंग्रेजी में 243 Z, D, लिखते हैं) में जिला नियोजन समिति की स्थापना करके संपूर्ण वित्तीय व्यवस्था का विकेंद्रीकरण सरलता से किया जा सकता है। पंचायतें जिन आवश्यकताओं की अभिव्यक्ति एक से दूसरे स्तर पर करेंगी, वह उस निरंतर संवाद की प्रक्रिया का परिणाम होगी, जो पंचायत और लोगों के तथा विशेष रूप से लक्षित लाभार्थियों के बीच होगा। ग्राम-सभा तथा हित समूहों की विशेष बैठकों में केवल वास्तविक आवश्यकताओं पर ही ध्यान नहीं दिया जाएगा, बल्कि इस बात पर बल होगा कि सड़क और घर बनाने जैसी आवश्यकताओं को पूरा करने के उपयुक्त उपाय सुझाए जाएँ। यह प्रणाली उसके एकदम विपरीत होगी, जिसमें शिखर पर तैनात किए गए कार्यक्रमों को निचले स्तर पर कार्यान्वयन के लिए थोप दिया जाता है। जब योजनाएँ लोगों के स्तर से बनेंगी तथा ग्राम-पंचायत के माध्यम से ऊपर जाएँगी तो उनके कार्यान्वयन में भी उनकी जानकारी रहेगी तथा वे उत्साह से उनकी देख-रेख करेंगे, अर्थात् वास्तव में योजनाओं में जन-भागीदारी सुनिश्चित की जा सकेगी। स्थानीय रतर पर गैर-सरकारी संस्थाएँ, स्वैच्छिक समूह तथा स्वयंसेवी संस्थाएँ भी पंचायतों के काम में सहयोग करने के लिए आगे आएँगी। यह न हो कि जिला नियोजन समितियाँ जिला योजना बनाकर ही अपने कार्य की इतिश्री समझ बैठें। वस्तुतः उनका कार्य तो योजना अनुमोदित होने के बाद ही शुरू होता है। जिला नियोजन समितियों से संबंधित विधेयक विभिन्न राज्य सरकारों ने बनाए हैं। पश्चिम बंगाल के विधेयक में व्यवस्था है कि जिला नियोजन समिति द्वारा भेजी गई वार्षिक तथा पंचवर्षीय योजना में

परिवर्तन या संशोधन का सुझाव राज्य सरकार दे सकती है। यदि जिला नियोजन समिति उन संशोधनों को स्वीकार नहीं करती है तो वही मूल योजना उस जिले में लागू की जाएगी। जिला नियोजन समिति को योजना के कार्यान्वयन का उचित अनुश्रवण (मॉनीटरिंग) करना चाहिए। यदि किसी योजना में धन की बचत होती है तो उसे दूसरी योजनाओं में लगाया जा सकता है तथा योजना के विलंब या खराब कार्यान्वयन के लिए जिम्मेदारी निर्धारित करनी चाहिए, अन्यथा पंचायतें भी हमारे विधानमंडलों की भाँति केवल बहस तथा भाषणों के मंच हो जाएँगी। फलतः उनसे स्थूल परिणाम कम निकलेंगे, जिसके लिए इनकी स्थापना हुई है। कई राज्यों में यह व्यवस्था है कि योजनाओं के कार्यान्वयन की देख-रेख का दायित्व भी स्थानीय जिला परिषद अथवा पंचायत समिति के सदस्य या सदस्यों की समिति को सौंप दिया जाता है, जो तकनीकी देख-रेख के ऊपर देख-रेख करते हैं। यह अनुभव अति उत्तम रहा। उदाहरण के लिए—नलकूप लगाते समय पंचायत का सदस्य आसानी से देख सकता है कि ठीकेदार ने कितनी गहराई तक तथा कितने पाइप जमीन के अंदर डाले हैं, क्योंकि खुदाई के पश्चात् तथा पाइप जमीन के नीचे जाने के पश्चात् तो केवल अनियमितता की जाँच होती है। फलतः ठोस परिणाम कुछ नहीं निकलता। यही कारण है कि नलकूपों में पानी नहीं निकलता तथा सड़कें जल्दी ही टूट जाती हैं। पंचायतें ही तथाकथित तकनीकी विशेषज्ञों तथा ठीकेदारों की मिलीभगत से लोहा ले सकती हैं, जिसने स्वतंत्रता-प्राप्ति के पचास वर्षों के बाद भी भारत की विकास-यात्रा में ठहराव सा ला दिया है तथा इसे भ्रष्टाचार का पर्याय बना दिया है। यदि कोई पंचायत सदस्य इस अपवित्र गठबंधन में शामिल हो तो उसकी सदस्यता समाप्त होनी चाहिए तथा उसके विरुद्ध भारतीय दंड संहिता के अनुसार दंडात्मक कार्रवाई होनी चाहिए, क्योंकि वह भी 'लोकसेवक' (पब्लिक सर्वेंट) की परिभाषा के अंतर्गत आता है और भ्रष्टाचार निरोधक अधिनियम (पी. सी. एक्ट) उसके लिए भी प्रयोज्य है।

सुझाव

उपर्युक्त विश्लेषण के अनुसार, पंचायतों की वित्तीय अवस्था को चुस्त-दुरुस्त करने के लिए निम्नलिखित सुझाव हैं—

1. राज्य सरकारों को पुनर्विलोकन करना चाहिए कि वे कौन-कौन करों, फीसों तथा चुंगियों को पंचायतों के हवाले कर सकती हैं अथवा किन नए करों में उनका अंश निर्धारित कर सकती हैं।
2. राज्य में राज्य वित्त निगम का नियमित तौर से गठन होना चाहिए तथा

उनकी सिफारिशों पर गंभीरतापूर्वक कार्रवाई करके पंचायती राज संस्थाओं को वित्तीय संसाधनों का समुचित आवंटन होना चाहिए।

3. राज्य सरकारों को डाकखाने की भाँति केंद्रीय सरकार की योजनाओं के अंतर्गत आई धनराशि के अतिरिक्त अपनी 'अनटाइड' निधि से भी पंचायतों के लिए निधि उपलब्ध करानी चाहिए। तभी यह सिद्ध होगा कि राज्य सरकार पंचायतों के समुचित संचालन के लिए कटिबद्ध हैं। इसमें से अधिकतर धन ग्राम-पंचायतों को उपलब्ध कराना उचित होगा।
4. जिला परिषद दो या अधिक पंचायत समितियों के क्षेत्राधिकार में पड़नेवाली बड़ी-बड़ी योजनाएँ अनिवार्य रूप से कार्यान्वित करेगी तथा पंचायत समिति दो या अधिक ग्राम-पंचायतों के क्षेत्राधिकार में पड़नेवाली योजनाओं को; पर इन योजनाओं के कार्यान्वयन में तकनीकी सहायता के साथ-साथ पंचायतों को स्वायत्तता देना आवश्यक है, ताकि वे प्रभावी ढंग से योजनाओं का कार्यान्वयन कर सकें तथा नौकरशाही संगठन से उत्तम एवं भिन्न प्रकार का जनप्रिय परिणाम दे सकें।
5. राज्य की प्रशासकीय सेवाओं से अधिकारी को जिला परिषद के लेखा विभाग का विभागाध्यक्ष नियुक्त करना चाहिए। ग्राम-पंचायत के सचिव को लेखा-जोखा रखने के लिए अनिवार्य तौर पर प्रशिक्षण लेना चाहिए। कई ग्राम-पंचायतों को मिलाकर किसी संस्था या लेखा विशेषज्ञ को लेखा ठीक करने का काम ठीके पर दिया जा सकता है।
6. पंचायतों को अपनी निधियों का 40% से अधिक वेतन, प्रशासन आदि पर खर्च करने का अधिकार नहीं होना चाहिए।
7. पंचायतों को प्रति योजना पर विभागीय फीस प्राप्त होनी चाहिए, जो योजना की कुल लागत के 10% प्रतिशत से कम न हो। जो़ अधिकारी या पंचायत पदाधिकारी इन योजनाओं के कार्यान्वयन में दोषी या लापरवाह पाया जाए, उसके विरुद्ध आवश्यक कार्रवाई हो। इस बचत राशि का उपयोग पंचायतें स्थानीय विकास के लिए कर सकेंगी।

इस प्रकार यदि पंचायतों के वित्तीय संसाधन नियमित रूप से समृद्ध होते रहें तथा पंचायतें अपने प्रशासन में वित्तीय अनुशासन सम्यक् रूप से सुनिश्चित करती रहीं तो पंचायतों को कभी धन का अभाव नहीं रहेगा और वे ग्रामीण जनता की अर्थात् भारत की आत्मा की भाग्य-विधाता सिद्ध होंगी।

□

पंचायती राज में नौकरशाही

भारत में किसी भी संस्था को चलाने के लिए नौकरशाही की आवश्यकता है। पंचायतें भी इस रोग से नहीं बच पाई हैं, पर यदि विकासोन्मुखी नौकरशाही हो तो यह दोहरा उद्देश्य पूरा करेगी। प्रथम, माध्यम के रूप में तथा द्वितीय, पंचायत संस्थाओं के साथ एकजुट होकर ग्रामीण विकास में अपना बहुमूल्य योगदान देंगी।

सरकार में विभिन्न विकास विभागों के अपने-अपने कार्यक्रम हैं, जो पंचायतों के स्तर पर जाकर एक हो जाते हैं। अतः इस स्तर पर सभी विभागों के कार्यक्रमों में समन्वय आवश्यक है। यदि ऐसा नहीं हुआ तो विभिन्न विभागों की योजनाओं का समेकित तथा इच्छित लाभ जनता तक नहीं पहुँच पाएगा। इसलिए यह आवश्यक है कि विभागीय अध्यक्ष अपनी शक्तियों तथा नियंत्रण का विकेंद्रीकरण करके उनके विभाग के अधिकारियों तथा कर्मचारियों का नियंत्रण आवश्यक सीमा तक पंचायतों के सुपुर्द करे। यही पंचायती राज की स्थापना का उद्देश्य है। यदि पंचायतों के माध्यम से एक नई नौकरशाही की स्थापना हुई तो वह भी वर्तमान कार्यरीति एवं पद्धति से ग्रसित होकर नौकरशाही की भाँति हो जाएगी, जो जनता की अपेक्षा अपने हितों के पोषण में अधिक लिप्त रहेगी; पर वास्तविक रूप में ऐसी आदर्श व्यवस्था की स्थापना करना असंभव है। वह तो ग्राम-पंचायत स्तर पर प्रधान, सरपंच या मुखिया द्वारा ही होता है, क्योंकि प्रधान ही बैंक से रुपए निकालता है, वह ही योजना कार्यान्वित करवाता है तथा अपने सचिव के माध्यम से हिसाब-किताब रखता है। प्रखंड तथा जिला स्तर पर नौकरशाही का स्वस्थ होना अनिवार्य है। नौकरशाही का स्वरूप तीन स्तरों पर निम्न प्रकार का हो सकता है—

क. ग्राम स्तर

ग्राम-पंचायत में केवल एक सचिव होता है, जो चपरासी एवं क्लर्क के बीच का कर्मचारी होता है। उसका काम है मुख्यतः ग्राम-पंचायत का रिकॉर्ड रखना। उसे न

तो कोई वित्तीय अधिकार होता है, न ही प्रशासनिक। इस स्तर पर प्रधान के पास ही विधायिका तथा कार्यपालिका के सभी अधिकार न्यस्त हैं। वह ही चेक पर हस्ताक्षर करता है तथा किसी निर्माण-कार्य के लिए माल की विभागीय खरीद कर सकता है। वह केवल ग्राम-सभा के प्रति जवाबदेह है, जिसकी बैठक वर्ष में दो बार से अधिक नहीं होती है। उसकी आवश्यकतानुसार प्रखंड स्तर तथा जिला स्तर से अधिकारी उसे तकनीकी सलाह देने के लिए दौड़े चले आते हैं। उसके पास पूर्व में चौकीदार भी हुआ करते थे। अभी भी कई राज्यों में चौकीदार हैं, जो अल्प सरकारी वेतन लेकर पुलिस प्रशासन, अर्थात् थाने को स्थानीय चोरों, डकैतों तथा उनके गिरोहों के विषय में गुप्त सूचनाएँ देते रहते हैं। वह ग्राम में होनेवाले असंतोष तथा अन्य संगठनों की सूचना भी पुलिस प्रशासन को समय-समय पर देते हैं। कई बार तो समय पर सूचना देकर चौकीदारों ने डकैती से ग्रामों की रक्षा की। यह वही स्तर है, जहाँ पर सभी सरकारी योजनाओं की सफलता या विफलता का मूल्यांकन किया जा सकता है। ग्राम-पंचायत स्तर पर ही ग्राम से संबंधित सभी आँकड़े उपलब्ध होते हैं तथा आपातकाल में ग्राम-पंचायत का प्रधान ही स्थानीय लोगों के सहायतार्थ सर्वप्रथम आगे आता है। स्थानीय प्रधान जनता का मित्र तथा मार्गदर्शक है। कच्छ (गुजरात) में 26 जनवरी, 2001 को भूकंप के बाद पंचायत प्रतिनिधि ही सहायता के लिए सर्वप्रथम आगे आए।

ख. प्रखंड स्तर

प्रखंड स्तर पर पंचायत समिति का सभापति उसके कार्यकलापों का अध्यक्ष होता है। वह पंचायत समिति की महत्त्वपूर्ण संस्था वित्तीय उप-समिति का भी अध्यक्ष होता है। पंचायत समिति के कार्यकलापों का संचालन पाँच-छह उप-समितियों के माध्यम से होता है। इन उप-समितियों का सचिव प्रखंड स्तर के संबद्ध विभाग का उपलब्ध सर्वोच्च अधिकारी होता है। प्रखंड विकास अधिकारी (बी.डी.ओ.) पंचायत समिति का कार्यकारी अधिकारी होता है। केवल उसे ही चेक पर हस्ताक्षर करने का अधिकार है, अर्थात् वह ही वित्तीय लेखा-जोखा के लिए सरकार के प्रति जिम्मेदार है। वह प्रायः राज्य की सिविल सेवा का अधिकारी होता है तथा उसकी वार्षिक गोपनीय प्रविष्टि सभापति के अतिरिक्त जिलाधिकारी भी लिखता है, ताकि उसपर दोहरा नियंत्रण रहे और ग्राम-पंचायत के सचिव जैसा वह पंचायत समिति के सभापति के इशारों पर न चले। उसका कर्तव्य है कि वह पंचायत समिति के सभापति तथा उप-समितियों के अध्यक्षों को सरकारी निर्णयों तथा लेखा-जोखा प्रक्रिया को समय-समय पर अवगत कराए, बी.डी.ओ. का प्रखंड

स्तर पर सुसंगठित कार्यालय होता है, जिसमें शिक्षा, पेयजल, स्वास्थ्य, कृषि, आपदा, आपातकालीन सहायता संबंधी भाग होते हैं। इस प्रकार प्रखंड स्तर पर प्रायः तीस से चालीस कर्मचारी और अधिकारी होते हैं। प्रखंड स्तर पर धन का अभाव नहीं है तथा वे तकनीकी सहायता से बड़ी-बड़ी योजनाएँ भी कार्यान्वित कर सकते हैं। जहाँ ग्राम-पंचायत स्तर पर प्रायः नौकरशाही तथा पंचायत राज एक है, प्रखंड स्तर पर ये पृथक्-पृथक् हैं। प्रायः कनिष्ठ अभियंता पर नियंत्रण तो विभाग छोड़ता ही नहीं है। इस प्रकार प्रखंड स्तर पर नियुक्त अधिकारियों पर उनके विभागों का भी नियंत्रण रहता है। प्रखंड विकास अधिकारी उनके केवल यात्रा-भत्ते, आकस्मिक अवकाश आदि नियंत्रित करता है तथा उनकी गोपनीय चरित्र-प्रविष्टि भी भेजता है, पर अंतिम नियंत्रण संबंधित विभाग नहीं छोड़ता है। इस दोहरी नियंत्रण-व्यवस्था में कभी-कभी अक्षमता भी देखी जाती है, पर साथ-साथ पंचायत के प्रतिनिधियों को निरंकुश होने से भी बचाती है। दूसरी ओर प्रखंड स्तर के अधिकारियों को भी पंचायत की कार्य-प्रणाली को आत्मसात् करना होगा।

जिला परिषद स्तर

जिला परिषद प्रायः एक नियमित सरकारी कार्यालय होता है, जिसमें तकनीकी, वित्त, प्रशासन, शिक्षा इत्यादि विभिन्न विभाग होते हैं। जिला परिषद का मुख्य कार्यकारी अधिकारी भारतीय प्रशासनिक सेवा का वरिष्ठ अधिकारी होता है, जो नौकरशाही की प्रणाली पर कार्यालय का संचालन करता है। जिला परिषद को पूर्णतः अध्यक्ष या निर्वाचित प्रतिनिधियों के नियंत्रण में छोड़ना शायद संभव न हो सके, क्योंकि प्रत्येक जिला परिषद का वार्षिक बजट लगभग पचास करोड़ रुपए तक पहुँच जाता है। अतः सरकारी धन का सदुपयोग तथा लेखा-जोखा रखना अनिवार्य है। इस कला में नौकरशाही ही प्रवीण है। यदि राज्य सरकार के पास आवश्यक राजनीतिक इच्छाशक्ति है तो वह अध्यक्ष या सभाधिपति (जिला परिषद) को राज्यमंत्री का दर्जा दे सकता है। इस अवस्था में जिले की संपूर्ण नौकरशाही उनके प्रशासनिक नियंत्रण में भी स्वतः आ जाएगी। यदि जिला से संबंधित सभी विषयों पर राज्य सरकार में अध्यक्ष (जिला परिषद) की बात चलेगी तो वह जिले के विधानसभा सदस्यों तथा मंत्री या मंत्रियों से भी अधिक शक्तिशाली हो जाएँगे। यही पंचायती प्रजातंत्र की सफलता का मुख्य कारण सिद्ध होगा, क्योंकि तब प्रखंड स्तर पर भी विभिन्न विभाग अपने अधिकारियों पर शनैः-शनैः अपने नियंत्रण का शिकंजा ढीला करते जाएँगे तथा उन्हें क्रमशः पंचायती प्रणाली के सुपुर्द कर देंगे। जिला परिषद के प्रशासन में प्रायः जिला अभियंता सीधे

जिला परिषद अध्यक्ष को रिपोर्ट करता है। उसका पूरा कार्यालय सीधे जिला परिषद अध्यक्ष के प्रति जवाबदेह होना चाहता है; पर जिला परिषद के प्रशासन के हित में यही होगा कि जिला परिषद की तकनीकी शाखा भी मुख्य कार्यकारी अधिकारी के प्रशासनिक नियंत्रण में हो, क्योंकि जिला परिषद अध्यक्ष को पंचायती राज के अतिरिक्त जिला में कानून-व्यवस्था की स्थिति तथा अपने राजनीतिक दल के स्वार्थ का भी ध्यान रखना पड़ता है। जिला परिषद में जितने भी अधिकारी तैनात रहते हैं, उनके नियंत्रण का एक सिरा राज्य सरकार के पास होता है। अतः जिला परिषद के अधिकारी तथा कर्मचारी जनहित के कार्यों के प्रति उतने समर्पित नहीं होते जितने ग्राम-पंचायत के स्तर पर। जिला परिषद द्वारा प्रखंड पंचायत समितियों तथा ग्राम पंचायतों को आवश्यक तकनीकी सहायता उपलब्ध कराई जाती है। जिला परिषद में खर्च का लेखा-जोखा रखने की प्रक्रिया भी सरकारी विभागों की भाँति होती है।

कार्मिकों का हस्तांतरण

अधिकतर राज्यों ने पंचायती राज संस्थाओं को जिम्मेदारियाँ तो सौंप दी हैं, पर उन्हें निपटाने के लिए अपेक्षित कर्मचारी हस्तांतरित नहीं किए हैं। गुजरात, कर्नाटक, केरल, मध्य प्रदेश, राजस्थान, पश्चिम बंगाल, उत्तर प्रदेश इत्यादि राज्यों ने कार्मिकों के हस्तांतरण के आदेश जारी किए हैं तथा उन कर्मचारियों और अधिकारियों को पंचायतों के नियंत्रण में कर दिया है, पर अधिकतर राज्यों को यह कार्य करना बाकी है। पंचायत संस्थाओं को निधियाँ हस्तांतरित होने के पश्चात् कई विभागों के पास काम नहीं रह गया है। कहीं-कहीं तो विभाग द्वारा कार्यान्वित योजनाओं पर होनेवाला व्यय कर्मचारियों तथा अधिकारियों पर होनेवाले व्यय से कम है; फिर भी विभागों की आँखें नहीं खुलती हैं। विभागों को यह देखना चाहिए कि नौकरशाही में तैनात व्यक्ति कार्य के अनुपात में हो, न कि केवल वेतन पाने के लिए। अतः जहाँ अधिक कार्मिक हैं, उन्हें अविलंब ही पंचायती राज संस्थाओं के हवाले कर देना चाहिए तथा उनके ऊपर पंचायत संस्थाओं का अनुशासनात्मक नियंत्रण सौंप देना चाहिए, क्योंकि नौकरशाही-तंत्र अपने अधीन कार्मिकों के भीतर अनुशासन रखने में विफल रहा है। इस कड़े कदम से सरकार का गैर-योजना मद में खर्च घटेगा तथा पंचायतों को कार्य करने में सुविधा होगी। संविधान के अनुच्छेद 243-ण के अंतर्गत निर्वाचन-संबंधी मामलों में न्यायालयों के हस्तक्षेप का वर्जन है। ऐसा न हो कि नवगठित पंचायतें कहीं न्यायालयों के चक्कर में पड़ जाएँ तथा उनका ग्रामीण विकास कार्य दोयम दर्जे का हो जाए।

पंचायत-प्रतिनिधियों द्वारा त्याग की आवश्यकता

पंचायती राज संस्थाओं की सफलता इस बात पर भी निर्भर करती है कि पंचायत-प्रतिनिधि स्वयं अपना व्यवहार या चाल-चलन नौकरशाहों की भाँति न रखें। वे बड़े-बड़े आरामदायक वातानुकूलित कार्यालयों में बैठे न रहकर स्वयं को क्षेत्र की मिट्टी से जोड़े रखें; पर वास्तविकता यह है कि पंचायतों में पद पाने के बाद ही निर्वाचित प्रतिनिधिगण पृथक् कार्यालय तथा चपरासी की आशा करने लगते हैं। बटन दबाते ही चपरासी हुकुम की तामील करने के लिए तुरंत उपस्थित हो, इस मोह का त्याग करना ही होगा। संसद सदस्यों की भाँति पंचायतों के पदाधिकारीगण भी अपने यात्रा-भत्ते तथा महँगाई भत्ते निरंतर बढ़ाते रहते हैं। इसके फलस्वरूप विकास कार्यों के लिए उपलब्ध धन प्रायः और कम होता चला जाता है।

वस्तुतः 100% योजना खर्चे का 50% धन वेतन-यात्रा तथा महँगाई-भत्ते पर खर्च हो जाता है। 35% राशि भ्रष्टाचार को चढ़ जाती है। प्रायः देखा जाता है कि पश्चिमी देशों में स्वयंसेवी संस्थाएँ तथा गैर-सरकारी संस्थाएँ अपने कार्मिकों पर 10% से अधिक नहीं खर्च करती हैं। इस तुलनात्मक दृष्टि से पंचायतों को गैर-सरकारी संस्थाओं से बहुत कुछ सीखना चाहिए। आनेवाला समय उदारीकरण के पक्ष में जाएगा। अतः गैर-योजना मद में खर्च कम-से-कम हो तो उत्तम रहेगा। यदि पंचायतों के पदाधिकारी भी सरकारी कर्मचारियों तथा अधिकारियों की भाँति बन गए तो वे पंचायत को भी ले डूबेंगे।

प्रशासनिक इच्छाशक्ति की आवश्यकता

'प्रशासन' या 'प्रबंधन' शब्द सरकारी तथा गैर-सरकारी क्षेत्रों का द्योतक है। प्रशासन का अर्थ है—किसी संगठन या संस्था की उद्देश्य-प्राप्ति के लिए उसकी नीतियों को कार्यान्वित करना एवं इनके कार्यकलापों में समन्वय स्थापित करना, ताकि वह एक सम्मिलित प्रयास प्रतीत हो। यह सर्वमान्य तथ्य है कि समुचित प्रशासनिक या प्रबंधन-तंत्र के बिना कोई संस्था काम ही नहीं कर सकती। संस्था की सफलता इसी में है कि इस आवश्यक घोड़े की लगाम ठीक तरह से पकड़े। यदि इस घोड़े की सवारी करने में अनुशासन अथवा एकाग्रता की कमी हुई तो वह घुड़सवार को ही नीचे गिरा देगा। प्रशासनिक तंत्र का अपना दर्शन होता है, जिसे उसने सदियों से स्थापित किया है। वह उन सिद्धांतों का परिपालन करता है, जो वर्षों से स्थापित हैं। यदि कोई इनमें परिवर्तन करना चाहता है तो उसे आवश्यक राजनीतिक इच्छाशक्ति तथा राजनीतिक क्षमता का परिचय देना होगा। हमारे देश में संहिता के अनुसार

किसी भी कर्मचारी को अवैध कार्य करना निषिद्ध है। यदि पंचायत का अध्यक्ष विधि या नियम के विरुद्ध काम करने के लिए कहता है तो उसके लिए लिखित आदेश होना अनिवार्य है। ये आदेश ग्राम, प्रखंड, पंचायत या जिला पंचायत का मुख्य कार्यकारी अधिकारी अपने ऊपरवाले की अनुमति के लिए भेज सकता है। द्वितीय विश्व-युद्ध के बाद न्यूरेमबर्ग ट्रायल तथा सन् 1977 में आपातकाल के बाद शाह कमीशन ने यह परंपरा स्थापित कर दी कि ऊँचे अधिकारी का आदेश ही विधि-विरुद्ध कार्य करने का अधिकार नहीं देता है। उसका विवेकपूर्ण सत्यापन करना आवश्यक है तथा यह बताना आवश्यक है कि उपर्युक्त कार्रवाई विधि अथवा नियम के विरुद्ध है। इसके बाद भी पंचायत का अध्यक्ष आदेश देता है तो उसके आदेश का पालन होना चाहिए तथा वह ही उसके लिए जिम्मेदार होगा। अतः पंचायत पदाधिकारी को परिवर्तन लाने के पूर्व राज्य सरकार की पूर्व अनुमति तथा अनुमोदन से ऐसी व्यवस्था गढ़नी होगी, जिसमें वे कार्य करना चाहते हैं, अन्यथा उन्हें परिवर्तित परिस्थिति में काम करने में पग-पग पर बाधा तथा परेशानियों का सामना करना पड़ेगा।

नौकरशाही-तंत्र अपनी नौकरी की सुरक्षा का पहले ध्यान रखता है। यदि उसे चारों ओर से असुरक्षा का वातावरण दृष्टिगोचर हुआ तो कर्मचारी मुख्य काम को छोड़कर परस्पर संगठित हो जाएँगे तथा गुटबाजी एवं यूनियनबाजी करने लगेंगे। यदि नौकरशाही को नियंत्रित करनेवाला राजनीतिक नेतृत्व अनुशासित, ईमानदार, जन-कल्याण हेतु समर्पित तथा नौकरशाही के प्रति पक्षपातरहित है तो वे संपूर्ण समर्पण की भावना से उसके पीछे होकर लगन से काम करेंगे और पंचायत संस्था के उद्देश्यों की पूर्ति में जुट जाएँगे। वे अपने राजनीतिक नेता से आदर्श चरित्र एवं व्यवहार की आशा करते हैं तथा पास से उनका निरीक्षण करते रहते हैं। यदि वे देखते हैं कि उनको नेतृत्व देनेवाले पंचायत के नेता भ्रष्ट हैं तथा संस्था के मुख्य उद्देश्य की प्राप्ति से उन्हें कोई सरोकार नहीं है तो वे भी भ्रष्ट तथा अवैध कार्यों में लिप्त हो जाएँगे और जनता तक कोई लाभ नहीं पहुँचेगा। उनका नियंत्रण नौकरशाही की अग्नि में तपा हुआ वरिष्ठ अधिकारी ही कर सकता है, क्योंकि वह उनकी कार्य-प्रणाली तथा संस्कृति को समझता है। वह उस रीति से कार्रवाई करेगा, जो पूर्व स्थापित तथा सर्वमान्य है।

यह ठीक है कि पंचायत के पदाधिकारियों की पदवी या सम्मान प्रशासन अथवा नौकरशाही के सर्वोच्च अधिकारी से ऊपर होना चाहिए, पर अपने कर्मचारियों तथा अधिकारियों पर पूरा नियंत्रण एवं देख-रेख का भार मुख्य कार्यकारी अधिकारी पर छोड़ देना चाहिए। वह ही उनकी समस्याओं को समझकर उनका समुचित हल कर सकता है। उदाहरणार्थ—यदि ग्राम-पंचायत स्तर पर पंचायत सचिवों का एक कैडर

(संवर्ग) तैयार हो जाए तो सचिवों के कार्य में आवश्यक उत्साह, निपुणता और स्थायित्व आ जाएगा तथा ग्राम-पंचायतों का प्रशासन प्रधानों के आने-जाने से भी खराब नहीं होगा। पश्चिम बंगाल में पंचायत के प्रतिनिधियों ने विभिन्न स्तरों पर पंचायत में कार्यरत अधिकारियों तथा कर्मचारियों का घेराव करके तथा उन्हें व्यक्तिगत रूप से अपमानित करके या भय दिखाकर अपने अनुसार चलने के लिए विवश किया; पर उसका भी वांछित प्रभाव नहीं पड़ा, बल्कि जिलाधिकारी या परगनाधिकारी ने पुलिस की सहायता से उन अधिकारियों को घेरावमुक्त करवा दिया। कालांतर में दोनों पक्ष परस्पर झुके और एक मध्यम मार्ग स्थापित हुआ, जो सभी को मान्य हो गया। यही कारण है कि पश्चिम बंगाल में पंचायतों के माध्यम से ग्रामीण विकास की योजनाओं का कार्यान्वयन सुचारु रूप से कई वर्षों तक हुआ।

समय के साथ-साथ प्रत्येक व्यवस्था में भी कुछ दोष प्रवेश कर जाते हैं, क्योंकि दोनों पक्ष निहित स्वार्थों के लिए समझौतावादी नीतियाँ अपनाने लगते हैं। उस दिशा में राज्य सरकार को जनता के प्रति अपना उत्तरदायित्व निभाते हुए भ्रष्ट पंचायत तथा सरकारी कर्मचारियों एवं अधिकारियों के विरुद्ध समुचित कार्रवाई और दंड की व्यवस्था करनी चाहिए, क्योंकि पंचायत-व्यवस्था का साधन रूप साध्य रूप से अधिक महत्त्वपूर्ण है। जो व्यवस्थाएँ जन-कल्याण नहीं कर सकतीं, वे देर-सबेर इतिहास की गुफा में समा जाती हैं। पंचायतों के जो कर्मचारी या अधिकारी पंचायत के पदाधिकारियों के साथ मिलकर भ्रष्ट तथा अवैध कार्यों में लिप्त होते हैं, उनके विरुद्ध भी ठोस प्रशासनिक कार्रवाई होना अनिवार्य है, ताकि पंचायत प्रशासन में गलत धारणा उत्पन्न न हो। पंचायतों को अनुशासनहीन कर्मचारियों तथा अधिकारियों को शरण देने का अधिकार नहीं होना चाहिए।

यदि आवश्यक हो तो विकास कार्यों के लिए पृथक् रूप से भारतीय विकास प्रशासनिक सेवा का गठन किया जाए, जो भारतीय प्रशासनिक सेवा का ही अंग हो; पर नौकरी में आने पर अथवा प्रारंभ के पाँच वर्षों में ही भारतीय प्रशासनिक सेवा का अधिकारी यह निश्चय कर ले कि वह या तो नियामक शासन-प्रणाली, जैसे—कानून-व्यवस्था, कारागार, कर, राजस्व, खाद्य-आपूर्ति, परिवहन, श्रम, रोजगार, कोषागार इत्यादि विभागों में रहना चाहता है अथवा वह कृषि, उद्योग, जन-स्वास्थ्य, शिक्षा, सार्वजनिक निर्माण, ग्रामीण तथा नगर विकास विभागों में अपनी शेष सरकारी नौकरी की अवधि व्यतीत करना चाहता है। उससे दोनों क्षेत्रों में विशेषज्ञता बढ़ेगी। आजकल के प्रतियोगी परिवेश में यह दिन-प्रतिदिन आवश्यक होता जा रहा है, क्योंकि नौकरशाही का क्षेत्र भी आजकल तकनीकी बारीकियों से युक्त हो गया है।

संविधान के भाग 9 में एक-तिहाई आरक्षण महिलाओं के लिए किए जाने के पश्चात् पंचायत की नौकरशाही के सामने एक और बड़ी चेतावनी है। इन महिलाओं में आवश्यक रूप से अनुसूचित जातियों एवं अनुसूचित जनजातियों से भी उनके आरक्षण कोटे में एक-तिहाई महिलाएँ चुनकर आएँगी। यह यथार्थ है कि प्रथम बार चुनकर आई महिलाएँ पंचायत के कार्यवृत्त तथा प्रशासन-प्रणाली को पूरी तरह से ग्रहण नहीं कर सकती हैं। कभी-कभी उनके पतिगण (नेपथ्य से) काम करते हैं। फिर भी पंचायत के अध्यक्ष ने ईमानदारी तथा परिश्रम से पंचायतों में उत्तम कार्य करना प्रारंभ किया है। उनमें से कई आवश्यक रूप से पढ़ी-लिखी भी नहीं हैं। उस स्थिति में पंचायत के अधिकारियों का कर्तव्य है कि उनके अनुभव तथा निर्णय को समझकर कार्यवृत्त इस प्रकार लिखें कि सरकारी औपचारिकता भी पूरी हो और उनके स्थानीय अनुभव-कोष का भी समुचित उपयोग हो। वस्तुतः यह काम कई बार नौकरशाही को राज्य सरकारों तथा केंद्रीय सरकार में भी करना पड़ता है। इसी कारण उनकी नौकरी में भी स्थायित्व है और वे पंचायत-प्रतिनिधियों की भाँति अनिश्चितता की स्थिति में नहीं हैं। उनकी आजीविका भी चल रही है, जबकि कई पंचायत-प्रतिनिधि निर्धनता की रेखा से नीचे भी हो सकते हैं।

पंचायतों की अवधि

भारत के संविधान के अनुच्छेद 243-ङ के अनुसार, प्रत्येक पंचायत यदि तत्समय प्रवृत्त किसी विधि के अधीन पहले ही विघटित नहीं कर दी जाती है तो अपने प्रथम अधिवेशन के लिए नियत तारीख से पाँच वर्ष तक बनी रहेगी, इससे अधिक नहीं।

इस प्रावधान के कारण जब कई राज्य सरकारें नई बनती हैं तो वे कई पंचायतों को अपने राजनीतिक उद्देश्यों के प्रतिकूल पाती हैं, अर्थात् दूसरे दलों से संबंधित होने के कारण उनकी विचारधारा तथा कार्य-प्रणाली पृथक् हो सकती है। इस कारण वे पंचायतों को आवश्यक वित्तीय साधन उपलब्ध नहीं कराती हैं। विभिन्न आदेश निकालकर वे सरकारी कर्मचारियों द्वारा पंचायत-प्रणाली को प्रभावहीन बनाने का प्रयत्न करती हैं।

प्रत्येक राजनीतिक दल का प्रथम तथा अंतिम उद्देश्य निर्वाचन में सफलता प्राप्त करना होता है। यदि इन पंचायतों को उन्होंने प्रश्रय दिया तो इस प्रक्रिया में उनके चुनावी वायदे अधूरे रह सकते हैं। वैसी स्थिति में उनके चुनावी वायदों के विपरीत राज्य प्रशासन उनकी नाक के नीचे ही संचालित होता रहेगा। इसकी प्रतिक्रिया निर्वाचक मंडल में उनके विरुद्ध भयानक रूप से घटित हो सकती है। इन

सभी आशंकाओं का निराकरण करने के लिए यह सुझाव है कि पंचायतों का कार्यकाल चार वर्ष का कर दिया जाए, ताकि राज्य सरकारें भी इसी अवधि के पश्चात् अपनी विफलता के लिए यह तर्क न दे सकें कि उनके विरोधी दल की पंचायतों ने उन्हें काम करने नहीं दिया, जैसा स्वतंत्रता-प्राप्ति से अब तक राजनीतिक दल नौकरशाही पर अपनी विफलताओं के लिए दोषारोपण करते आ रहे हैं।

आधुनिक संसार वैश्वीकरण के माध्यम से तीव्र गति से प्रगति के पथ पर बढ़ रहा है, जहाँ निर्णय लेने में विलंब करना घातक सिद्ध हो सकता है। यहाँ दोषारोपण करने का अवसर किसी को नहीं दिया जा सकता है। हमारा देश प्रगति की दौड़ में आगे की पंक्ति में नहीं है। अतः हमें संपूर्ण प्रशासन-तंत्र को पूर्ण रूप से स्वस्थ तथा तीव्रगामी रखना जरूरी है। इसी उद्देश्य की पूर्ति के लिए यह अनिवार्य है कि अनुच्छेद 368 के अंतर्गत संविधान संशोधन प्रस्ताव लाकर अनुच्छेद 243-ड में पंचायतों की अवधि पाँच वर्ष से घटाकर चार वर्ष कर दी जाए तथा पंचायतों के निर्वाचन विधानमंडलों के निर्वाचनों के साथ-साथ हों, ताकि सरकारी कोष पर भी अतिरिक्त बोझ न पड़े और राज्य सरकार पूर्ण राजनीतिक इच्छाशक्ति तथा उत्साह से पाँच वर्ष की अपनी अवधि पूरी करे। इस स्थिति में पंचायतों की अवधि पाँच वर्ष भी रखी जा सकती थी, पर पंचायतों के विभिन्न स्तरों पर निर्वाचन एक विशाल प्रक्रिया है, अतः शायद पंचायतों का निर्वाचन विधानमंडलों के निर्वाचन के साथ-साथ संभव न हो। इस प्रक्रिया में यदि पंचायतों की अवधि में कुछ अंतराल हो जाए तो विराट् जनहित में उसकी अनदेखी की जा सकती है।

□

पंचायतों पर राज्य का नियंत्रण

सभी राज्यों के कानूनों के सर्वेक्षण से यह ज्ञात होता है कि नौकरशाही को विभिन्न पंचायतों के स्थगन तथा निलंबन के विस्तृत अधिकार दिए गए हैं। यह राज्य सरकारों के मध्य स्तर के कार्यकर्ताओं के सामने पंचायती राज संस्थाओं को तुरंत ही प्रतिकूल स्थिति में रख देता है। यह पंचायती राज संस्थाओं के निर्वाचित प्रतिनिधि निकायों के रूप में आवश्यक विशेषताओं को भी कम कर देता है।

अधिकतर राज्यों की सरकार को यह अधिकार है कि वह अधिकारों का दुरुपयोग करने के कारण पंचायतों को रद्द या बरखास्त कर सकती है और अपने कर्तव्यों के निर्वाह में उपेक्षा के कारण अध्यक्ष या उपाध्यक्ष को हटा सकती है। अधिकतर मामलों में अध्यक्षों या ग्राम-पंचायतों के सदस्यों को हटाने का अधिकार जिला कलेक्टरों को दिया गया है, जबकि कुछ अन्य मामलों में ऐसा करने का अधिकार जिला-पंचायतों को दिया गया है।

मध्य प्रदेश और उत्तर प्रदेश राज्यों में ग्राम-सभा द्वारा पारित प्रस्ताव के आधार पर ग्राम-पंचायतों के अध्यक्ष को हटाया जा सकता है। मध्य प्रदेश में अब तक इस अधिकार का उपयोग केवल महिला अध्यक्षों के खिलाफ ही किया गया है। यह सुनिश्चित किया जाना चाहिए कि ऐसे अधिकारों का गलत इस्तेमाल कमजोर वर्गों के प्रति नहीं किया जाए। कुछ समय पहले उत्तर प्रदेश में महिला अध्यक्षों के खिलाफ अविश्वास प्रस्ताव लाया जाता था और उनके स्थान पर पुरुष अध्यक्षों को रखा जा रहा था। इसीलिए उत्तर प्रदेश सरकार ने राज्य पंचायती राज अधिनियम में संशोधन कर यह प्रावधान किया कि एक महिला अध्यक्ष का स्थान केवल एक महिला सदस्य ही ले सकती है, न कि कोई पुरुष सदस्य। यह एक उत्तम प्रावधान है और इसका अनुसरण करने की आवश्यकता है।

कई राज्यों में ग्राम-पंचायतों को मध्यवर्ती पंचायतों और अन्य की तुलना में अधीनस्थ बना दिया गया है। विभिन्न स्तरों की पंचायतों को श्रेणीबद्ध क्रम में नहीं रखा जा सकता है। सभी स्तर पर पंचायतें स्वतंत्र हैं और प्रत्येक स्तर को स्वशासन

की संस्था के रूप में समझना होता है। पंचायत के प्रत्येक स्तर को कार्यों तथा जिम्मेदारियों के सुपरिभाषित बँटवारे द्वारा निर्धारित क्षेत्राधिकार के भीतर ही कार्य करना चाहिए।

शायद पंचायती राज की नई प्रणाली नौकरशाही के अधिकारों को कम करने की चेतावनी देता है। यह गलत समझा जाता है कि संविधान में लाए गए बदलाव उनके अधिकारों को सीमित कर सकते हैं। पंचायती राज के संदर्भ में नौकरशाही के संबंध में देश भर में यह पूर्वानुमान लगाया जा रहा है कि इससे सरकार की विकास एजेंसियों की संख्या घटाने के भरसक प्रयास किए जा रहे हैं। नौकरशाहों का एक मूल तर्क यह है कि पंचायती राज संस्थाएँ संसाधनों को समाप्त कर देंगी। वे वित्तीय अनुशासनहीनता में फँस जाएँगी और कमजोर वर्गों के हितों पर आघात पहुँचाएँगी। इसलिए पंचायती राज संस्थाओं पर राज्य सरकार की मध्यस्थता और नौकरशाही के नियंत्रण का कार्य-क्षेत्र कई राज्यों के संबंधित पंचायत अधिनियमों में असीमित है।

यह प्रावधान 73वें संविधान-संशोधन अधिनियम की भावना के प्रतिकूल है। राज्य अपने पंचायती राज अधिनियम की समीक्षा कर सकते हैं, ताकि पंचायतों पर राज्यों के नियंत्रण को कम किया जा सके और ग्राम-पंचायत को पंचायत के किसी अन्य स्तर के अंतर्गत नहीं रखा जा सके। पंचायत के प्रतिनिधियों, सरकारी कार्यकर्ताओं तथा नौकरशाही के ढाँचे में व्यावहारिक परिवर्तन लाने के लिए भी राज्य सरकारें व्यापक जागरूकता कार्यक्रमों की शुरुआत कर सकती हैं।

यहाँ हम कुछ राज्यों की वर्तमान स्थिति का अध्ययन करें।

1. आंध्र प्रदेश

कलेक्टर अभी भी जिला परिषद की सभी समितियों का सदस्य होता है तथा जिला परिषद के अध्यक्ष की अनुपस्थिति में उन (अध्यक्ष) के दायित्वों का निर्वाह करता है।

वह किसी भी जिला परिषद के निर्माण को रोक सकता है। इन सभी अधिकारों के कारण पंचायतों के कार्यों में आवश्यक उद्दीपन तथा उत्साह का प्रादुर्भाव नहीं हो पाता है।

2. असम

असम पंचायती राज अधिनियमं, 1973 के अंतर्गत धारा 129 (1) के अधीन राज्य सरकार तथा उसके द्वारा अधिकृत अधिकारियों को ग्राम-पंचायत तथा महकमा परिषद के प्रशासनिक कार्यों के निरीक्षण का अधिकार सौंपा गया है।

3. बिहार

भारत के सबसे पुराने और शाक्य गणतंत्रों के प्रदेश बिहार में पंचायती राज की सबसे अधिक दुर्दशा है। सौभाग्य से बिहार पंचायती राज अधिनियम, 1990 में पंचायतों के सभी प्रतिनिधियों का सीधा चुनाव जनता द्वारा करने का प्रावधान किया गया तथा उनके नामकरण की व्यवस्था को समाप्त किया गया। बिहार पंचायती राज अधिनियम, 1993 को संविधान के भाग 9 के अनुसार बनाया गया, पर पंचायतों को कोई भी धनराशि आवंटित नहीं की गई। इस प्रकार वे पंचायतें पूर्ण तौर पर राज्य सरकार पर ही आश्रित रहीं। यदि उन्हें टैक्स, फीस या टोल वसूल करने का अधिकार भी दिया गया तो वह भी बाढ़ आदि प्राकृतिक प्रकोप के कारण निरस्त कर दिया गया।

4. गोआ

इस छोटे से राज्य में मंत्रियों की संख्या तथा क्षमता अधिक होने से पंचायतें अप्रभावी हो गई हैं। अतः पंचायतों को राज्य के नियंत्रण से निकालना आवश्यक है।

5. गुजरात

सन् 1975 में प्रत्येक पंचायत स्तर पर सामाजिक न्याय समितियाँ स्थापित की गईं, ताकि दुर्बल वर्गों को न्याय मिल सके तथा वे पंचायतों के कामकाज पर निगरानी रख सकें; पर ये समितियाँ भी बाद में विलुप्त हो गईं। दर्जी समिति (1974) की सिफारिशों के पश्चात् तो गुजरात की सर्वोत्तम पंचायतों का जाल टूटने लगा, क्योंकि पंचायत के निर्वाचित प्रतिनिधियों की क्षमता शनैः-शनैः तालुका विकास अधिकारी को दे दी गई। संविधान के नए भाग 9 के अनुसार गुजरात पंचायत अधिनियम, 1994 के आने के पश्चात् पंचायतों को अधिक स्वायत्तता मिलने की आशा है।

6. हरियाणा

पंजाब से हरियाणा के पृथक् होने के पश्चात् पंजाब का पंचायती ढाँचा हरियाणा को उत्तराधिकार में प्राप्त हुआ, पर सन् 1973 में जिला परिषदों को समाप्त कर दिया गया, क्योंकि सरकार जिला उपायुक्त के माध्यम से प्रदेश के सभी विकास कार्यों पर अपनी पकड़ और मजबूत करना चाहती थी। उसके बाद पंचायत समितियों के अधिकारों में भी कमी की गई। धीरे-धीरे पंचायत समिति तथा ग्राम-पंचायत उस क्षेत्र के विधानसभा सदस्य के नियंत्रण में आ गई, पर परंपरागत पंचायतें हरियाणा में महत्त्वपूर्ण बनी रहीं जो जाति के आधार पर निर्णय देती रहीं। 73वें संविधान संशोधन के बाद प्रभावी हरियाणा पंचायती राज अधिनियम, 1994 से यदि स्थिति में

सुधार हो तथा पंचायतें एम.एल.ए. के अधिकृत नियंत्रण से बाहर निकलें तो वहाँ पंचायती राज व्यवस्था सुदृढ़ हो सकती है।

7. हिमाचल प्रदेश

ग्राम-पंचायत सचिव को ग्राम-पंचायत के प्रति उत्तरदायी न बनाकर उसे जिला उपायुक्त के नियंत्रण में रख दिया गया। ग्राम-पंचायत को पाँच सौ रुपए से अधिक का विकास कार्य करने आदि के पूर्व जिला समाहर्त्ता के अनुमोदन की आवश्यकता होती थी। राज्य सरकार या उपायुक्त की जाँच के दौरान किसी भी पंच को निलंबित किया जा सकता है। इस प्रकार पंचायतों पर नौकरशाही का पूर्ण नियंत्रण रहा। हाँ, हिमाचल प्रदेश पंचायती राज अधिनियम, 1994 से कुछ आशा बँधी है।

8. जम्मू-कश्मीर

जम्मू-कश्मीर पंचायती राज अधिनियम, 1989 के बाद जम्मू-कश्मीर में स्थिरता का वातावरण आया। यदि कोई हलका पंचायत ठीक तरह से अपने कर्तव्यों का निर्वाह नहीं कर रही है तो सरकार हलका पंचायत को नोटिस देकर निलंबित कर सकती है, पर छह महीने के भीतर नया चुनाव कराना होगा। जम्मू-कश्मीर भारत के संविधान के बाहर है। अतः सन् 1989 का अधिनियम ही वहाँ लागू रहेगा, जो राज्य सरकार तथा पंचायती प्रणाली में उपयुक्त समन्वय स्थापित करता है।

9. कर्नाटक

जिला परिषद के मुख्य कार्यकारी अधिकारी के पद का नामकरण 'मुख्य सचिव' किया गया। यह जिला उपायुक्त से वरिष्ठ था। राज्य सरकार ने पंचायतों पर कोई अधिकार, निगरानी तथा नियंत्रण का अधिकार अपने पास नहीं रखा है। यहाँ तक कि मंडल पंचायत के लेखा अनुदान (बजट) पर भी कोई नियंत्रण नहीं रखा है। यदि मंडल पंचायत का कोई कार्य पंचायत अधिनियम के प्रावधान का उल्लंघन करता है तो जिला परिषद उसे संशोधित कर सकती है। इसके अतिरिक्त राज्य स्तर पर सभी जिला परिषद अध्यक्षों को राज्य स्तरीय विकास परिषद का सदस्य बनाकर उनकी स्वायत्तता की सुरक्षा की गई है।

10. केरल

केरल पंचायत अधिनियम, 1994 के अंतर्गत सांसदों तथा विधायकों को जिला परिषद का तथा विधानसभा सदस्यों को ब्लॉक पंचायत का पदेन सदस्य बनाया गया है। इसके अतिरिक्त सरकार पंचायत के किसी भी प्रस्ताव को निरस्त कर सकती है।

यह प्रावधान प्रजातंत्र-विरोधी है।

11. मध्य प्रदेश

मध्य प्रदेश पंचायती राज अधिनियम, 1994 के पहले राज्य सरकार ने पंचायतों की देख-रेख का भार जिलाधिकारी पर छोड़ दिया था तथा जिलाधिकारी ने अतिरिक्त जिलाधिकारी को जिला में पंचायत का प्रभारी बना दिया था। एक ग्राम-सहायक चार-पाँच पंचायतों का सचिव होता था। श्री दिग्विजय सिंह ने अपने मुख्यमंत्रित्व काल में पंचायतों को स्वायत्तता प्रदान की, विशेषतः ग्राम-पंचायत स्तर पर, परंतु जिला स्तर पर उन्होंने अनावश्यक रूप से जिला सरकारों का प्रयोग किया। शायद मध्य प्रदेश में निर्वाचित प्रतिनिधिगण इतने शिक्षित या प्रगतिशील नहीं हैं; पर अंत में जिला सरकारों का प्रयोग छोड़कर वहाँ भी जिला परिषदों को जिला-विकास कार्यक्रमों का मुख्य स्रोत, कर्ता एवं संवाहक बनाना होगा।

12. महाराष्ट्र

जिला परिषद एवं पंचायत समिति अधिनियम, 1961 में पंचायतों के मुख्य कार्यकारी अधिकारी राज्य स्तरीय परिषद के अंतर्गत हैं। उन्हें यह सुनिश्चित करना होता है कि पंचायतें सरकारी नियमों तथा आदेशों की अवहेलना नहीं कर रही हैं। आयुक्त को भी पंचायत संस्थाओं का निरीक्षण व देख-रेख करने का अधिकार प्रदान किया गया है। जिलाधीश भी जनहित में जिला परिषद या पंचायत समिति का कोई भी प्रस्ताव निलंबित कर सकता है, यदि संभाग आयुक्त उसे अनुमोदित कर दे। जिलाधीश जनता के स्वास्थ्य अथवा सुरक्षा के हित में किसी भी काम को कार्यान्वित करा सकता है। उसका भुगतान पंचायत समिति तथा जिला परिषद को कराना पड़ेगा। इसका अनुमोदन भी आयुक्त के द्वारा आवश्यक है।

मुख्य लेखा परीक्षक (स्थानीय राशि लेखा-जोखा) पंचायतों के हिसाब-किताब का परीक्षण कर सकता है तथा राज्य सरकार किसी भी पंचायत को गंभीर कुशासन या कुप्रबंध के लिए निलंबित कर सकती है; परंतु अभी तक कुछ ग्राम-पंचायतों को छोड़ किसी ने इस अधिकार का प्रयोग नहीं किया है। यह प्रावधान पंचायतों को संयम में रखने के लिए 'सुनहरा नियम' सिद्ध हुआ है।

13. उत्तर-पूर्वी राज्य

मणिपुर में उपायुक्त को ये अधिकार दिए गए हैं कि वह पंचायत के कामकाज की देख-रेख कर सके। मणिपुर पंचायती राज अधिनियम, 1994 में प्रभावी हुआ।

अरुणाचल प्रदेश में कम आबादी होने के कारण दो स्तरों पर ही पंचायतें थीं, पर अरुणाचल प्रदेश पंचायत राज अध्यादेश, 1994 में तीन स्तरीय पंचायतें स्थापित कर दी गईं। अरुणाचल प्रदेश में जिले का उपायुक्त ही जिला परिषद का सभापति होता है, जबकि निर्वाचित प्रतिनिधि उप-सभापति होता है। अतः सरकारी सेवकों का काफी नियंत्रण पंचायतों पर है। मेघालय, नागालैंड तथा मिजोरम आदिवासी बाहुल्य क्षेत्र होने के कारण संविधान के भाग 9 की परिधि के बाहर हैं। वहाँ पर आदिवासियों की अपनी स्वायत्त स्थानीय संस्थाएँ कार्यरत हैं। सिक्किम की भी आबादी बीस लाख से कम है, अतः वहाँ केवल दो स्तरीय पंचायतें हैं। त्रिपुरा में पंचायतों पर सरकारी सेवकों का कम नियंत्रण है।

14. उड़ीसा

जिला परिषद में निर्वाचित प्रतिनिधियों से नामांकित प्रतिनिधि अधिक होते हैं। निदेशक पंचायत, पंचायत समिति तथा जिला परिषदों का भी पदेन निदेशक होता है। जिला परिषद का प्रस्ताव रद्द करने, अध्यक्ष को हटाने, किसी भी सदस्य को हटाने तथा जिला परिषद को ही भंग करने का अधिकार सरकार के पास है। अविश्वास प्रस्ताव की सूचना संभागीय आयुक्त को देनी पड़ती है, जो ऐसे प्रस्ताव को पास करते समय सभा की अध्यक्षता करता है। नवंबर 1993 में नया संशोधन विधेयक उड़ीसा में लागू हुआ। उड़ीसा पंचायत समिति एवं जिला परिषद अधिनियम, 1959 के अंतर्गत पंचायत समिति के पदेन सदस्यों को मत देने का अधिकार नहीं था।

15. पंजाब

सन् 1966 में महाराष्ट्र के आधार पर पंजाब में पंचायतों का गठन हुआ। इसके अनुसार जिला परिषद को ग्रामीण विकास का केंद्र-बिंदु बनाया गया। राज्य स्तर पर गठित परिषद को पंचायतों के कामकाज की देख-रेख का भार सौंपा गया। पंचायत समितियों में तो पदेन सदस्य निर्वाचित प्रतिनिधियों से अधिक होते हैं।

16. राजस्थान

व्यास समिति (राजस्थान में पंचायतों को सशक्त करने के लिए गठित समिति) ने तीनों स्तरों पर निर्वाचित प्रतिनिधियों को महत्त्व दिया। राजस्थान पंचायती राज अधिनियम, 1994 में भी जिले में पंचायत समिति के स्थान पर जिला परिषद विकास की मुख्य एजेंसी हो गई है, पर पंचायतों को राज्य के बजट से 10-15% प्रतिशत से अधिक धनराशि उपलब्ध नहीं कराई गई है। दो से अधिक बच्चों का पिता/माता

पंचायत के निर्वाचन में भाग नहीं ले सकता/सकती है। यह परिवार नियोजन की दृष्टि से आदर्श है।

17. तमिलनाडु

मद्रास पंचायत अधिनियम, 1958 के अनुसार, यदि दो-तिहाई प्रतिनिधि जिलाधीश को प्रार्थना-पत्र दें तो पंचायत के अध्यक्ष को हटाया जा सकता है। तमिलनाडु में आज भी जिला परिषद के मामलों में जिलाधिकारी का काफी सक्षम हस्तक्षेप है। तमिलनाडु पंचायत अधिनियम, 1994 के अनुसार पंचायतों को और अधिक स्वायत्तता मिलने की आशा है।

18. त्रिपुरा

पश्चिम बंगाल की भाँति त्रिपुरा में पंचायतों को त्रिपुरा पंचायत अधिनियम, 1993 के अंतर्गत स्वायत्तता प्राप्त है।

19. उत्तर प्रदेश

उत्तर प्रदेश में नौकरशाही, विधायकों तथा मंत्री पंचायत-तंत्र को अक्षम बनाने का भरसक प्रयत्न करते हैं, ताकि मंत्रियों तथा विधायकों का बोलबाला विकास कार्यों में रहे। मंत्रिगण जिला नियोजन समिति एवं जिलाधिकारी के माध्यम से पंचायतों पर नियंत्रण करते रहते हैं; पर पंचायती राज अधिनियम, 1994 को क्षमताशाली बनाए बिना उत्तर प्रदेश का विकास असंभव है। आशा है कि जनता, पंचायत-प्रतिनिधि, चुने हुए प्रतिनिधिगण तथा अधिकारी इस सत्य को शीघ्र स्वीकार करेंगे।

20. पश्चिम बंगाल

वामपंथी सरकार ने सन् 1977 में सत्तारूढ़ होने के पश्चात् पंचायत-प्रतिनिधियों को सन् 1978 में पंचायत निर्वाचन के पश्चात् स्वायत्तता देनी आरंभ की। पदेन सदस्यों को मत देने का कोई अधिकार नहीं दिया गया। सरकार में मंत्री पंचायत-प्रतिनिधियों पर ही विश्वास करते हैं तथा उनके द्वारा दिए गए प्रस्तावों को ही महत्त्व देते हैं। पंचायत-प्रतिनिधियों की शिकायतों या सिफारिशों पर कई वरिष्ठ अधिकारियों का स्थानांतरण कर दिया गया। फलतः '90 के दशक के पूर्वार्द्ध तक यह सिद्ध हो गया कि पंचायतों को प्राथमिकता देने की सरकार की इच्छाशक्ति थी। यहाँ तक कि विधायकों तथा सांसदों की शिकायतें भी पंचायत-प्रतिनिधियों के विरुद्ध नहीं

सुनी गईं। फलस्वरूप नौकरशाही पंचायतों के विरुद्ध अपने अधिकारों का उपयोग करने से कतराने लगी। ऐसे बहुत कम उदाहरण हैं, जब गत पच्चीस वर्षों में पंचायत-प्रतिनिधि के विरुद्ध भ्रष्टाचार का आरोप सिद्ध हुआ हो या किसी पंचायत को भंग किया गया हो। अधिकतर तकनीकी अधिकारियों को उसी स्तर की पंचायतों के साथ संबद्ध किया गया तथा उन्हें उनके प्रति उत्तरदायी बनाया गया। केवल जिलाधीश को मुख्य कार्यकारी अधिकारी बनाकर उसकी स्वतंत्रता को अक्षुण्ण रखा गया। यहाँ तक कि जिला आरक्षी अधीक्षक भी जिला परिषद के सभापति के इशारों पर काम करने लगा। इस प्रकार नौकरशाही पंचायत-तंत्र के नियंत्रण में आ गई; पर इस निरंकुश शक्ति का फल यह हो रहा है कि नौकरशाही तथा पंचायतें—दोनों शांतिपूर्ण सह-अस्तित्व द्वारा भ्रष्टाचार के शिकार होते जा रहे हैं तथा नियमों और पद्धति में फँसकर विकास कार्यों के परिणामों पर कम ध्यान दे रहे हैं।

पंचायत की जवाबदेही

कोई भी व्यवस्था या तंत्र अपने आप में तब तक उत्तम नहीं होता जब तक वह जनता के कल्याण में ठोस योगदान न दे। पंचायतें यद्यपि जनता की, जनता द्वारा तथा जनता के लिए हैं, फिर भी उनके योगदान का निरंतर विश्लेषण करते रहना आवश्यक है। नौकरशाही के पक्ष में जो मुखर वर्ग है, वह पंचायतों के विरुद्ध अक्षमता, अदूरदर्शिता तथा भ्रष्टाचार के गंभीर आरोप लगाता है। कहीं ऐसा न हो कि नौकरशाही के जाल से बचकर जनता तथाकथित प्रजातांत्रिक पंचायतों के भुलावे में फँस जाए। भारत की जनता अभी भी इतनी सक्रिय एवं सचेतन नहीं है कि वह पंचायतों पर अपना नियंत्रण सुनिश्चित कर सके। संविधान के भाग 9 में भी ऐसी व्यवस्था नहीं है कि पंचायतों की जवाबदेही के विषय में निर्वाचन मंडली आश्वस्त हो सके।

अनुच्छेद 243-X में यह व्यवस्था है कि किसी राज्य का विधानमंडल विधि द्वारा, पंचायतों द्वारा लेखा रखे जाने और ऐसे लेखाओं (ऑडिट) की संपरीक्षा करने के बारे में उपबंध कर सकेगा, पर जनता नौकरशाही के अनिवार्य लेखा-परीक्षण का तमाशा देख चुकी है। भ्रष्ट व्यक्ति या भ्रष्ट संगठन लेखा-परीक्षकों को भी अपनी ओर मिला लेते हैं। शायद लेखा-परीक्षक पंचायतों के विरुद्ध कार्य करें, क्योंकि पंचायतें उनके वर्ग की नहीं हैं। पर पंचायतें भी आर्थिक रूप से शक्ति-संपन्न हो गई हैं। भारत सरकार ने पंचायतों की लेखा-परीक्षा के लिए एक स्वतंत्र महालेखाकार नियुक्त करने का प्रस्ताव किया है। उसी प्रकार पंचायतों के लिए पृथक् रूप से मुख्य लेखा नियंत्रण (सी.ए.जी.) होना आवश्यक है। भारत सरकार ने सामाजिक लेखा-परीक्षा को अनिवार्य बनाया है। कुछ राज्य विधानमंडलों ने ग्राम-सभा को सामाजिक लेखा-परीक्षा

करने के वैधिक अधिकार दिए हैं। मध्य प्रदेश सरकार ने इस संबंध में कुछ अनुदेश जारी किए हैं कि यदि जाँच के बाद ग्राम-सभा इस परिणाम पर पहुँचती है कि किसी कार्य के कार्यान्वयन में अनियमितताएँ अथवा भ्रष्टाचार हुआ है, इस आशय के पूर्ण विवरण के साथ एक रपट एस.डी.ओ. (परगना अधिकारी) के पास भेजेगी, जो एक जाँच समिति गठित करेगा, जिसमें पंचायत के निर्वाचित प्रतिनिधि (जो उस कार्य से जुड़े हुए नहीं हैं), एक तकनीकी अधिकारी तथा एक अन्य व्यक्ति सम्मिलित होंगे। समिति एस.डी.ओ. द्वारा निर्धारित समय-सीमा के अंदर जाँच करेगी और उस रिपोर्ट को ग्राम-सभा के समक्ष प्रस्तुत किया जाएगा। यदि ग्राम-सभा इस निष्कर्ष पर पहुँचती है कि भ्रष्टाचार हुआ है तो एस.डी.ओ. को कानूनी कार्रवाई करनी होगी। राजस्थान में व्यावहारिक रूप में ग्राम-समुदायों द्वारा सामाजिक लेखा-परीक्षा का स्वरूप 'जन-सुनवाई' अथवा 'आम लोगों की सुनवाई' के रूप में स्थापित हो गया है तथा जयप्रकाश नारायण के स्वप्न 'वापस बुलाने का अधिकार' (Right of Recall) को साकार करते हुए राजस्थान में एक प्रधान को उसके पद से हटा दिया गया और उसके स्थान पर दूसरे को पदभार दिया गया—बिना किसी लंबी कागजी प्रक्रिया के। राजस्थान सरकार ने वार्ड-सभाओं को कानूनी अधिकार दिए हैं। वस्तुस्थिति यह है कि पूर्ण हो चुके कार्यों से संबंधित प्रमाण-पत्र वार्ड-सभा द्वारा ही जारी किए जाते हैं।

सामाजिक लेखा-परीक्षा प्रक्रिया में अभी समय लगेगा, पर पंचायत के प्रतिनिधिगण देश के कानून से ऊपर नहीं हैं। वे प्रतिनिधिगण भी भारतीय दंड संहिता की धारा 21 के अनुसार 'लोक सेवक' (Public Servant) की परिभाषा के अंतर्गत आते हैं। नगरपालिका सदस्य भी लोक सेवक की परिभाषा में आते हैं तथा पाँचवीं परिभाषा में पंचायत सदस्य का स्पष्ट उल्लेख है। क्योंकि पंचायत सदस्य साधारणतया लोक सेवकों के काम में सहायता करते हैं तथा सरकारी संपत्ति उनके जिम्मे रहती है। मध्य प्रदेश राज्य बनाम नरसिम्हन् मामले में उच्चतम न्यायालय के निर्णय (1975, 2 SCC 377) के अनुसार पंचायत-प्रतिनिधि तथा पंचायतों के पदाधिकारीगण निश्चय ही भ्रष्टाचार निरोधक कानून के अंतर्गत आते हैं। अतः भारतीय दंड संहिता की धारा 21 तथा धारा 161 को एक साथ पढ़ने पर पंचायत के पदाधिकारी अवश्य ही लोक सेवक की परिभाषा में आ जाते हैं, क्योंकि स्थानीय स्वशासन संस्था भी इसकी धारा 161 के अंतर्गत पड़ती है। पंचायत के प्रायः सभी पदाधिकारी अनिवार्य रूप से अवैतनिक भत्ता के नाम से पंचायत के कोष से वेतन लेते हैं। अतः वे अवश्य ही लोक सेवक की परिभाषा में आ जाते हैं। उनके भ्रष्टाचार में लिप्त सिद्ध होने की स्थिति में उन्हें आर्थिक दंड के अतिरिक्त तीन वर्ष तक की कैद की सजा हो सकती है। उत्तर प्रदेश के पंचायत अधिनियम, 1947 में तो उसकी व्यवस्था भी है। सन् 1997 में उच्चतम न्यायालय ने

नारायण दत्तात्रेय राम तीर्थंकर बनाम महाराष्ट्र राज्य (ए.आई.आर. 1997 सु.को. 2148) में यह निर्देश दिया कि यदि कोई कुछ समय तक सरकारी पैसा अपने पास रखे रहता है तो भी यह आपराधिक दुर्विनियोग होगा तथा वह 'लोक सेवक' दंड का भागी होगा। इसी प्रकार विजय कुमार बनाम मध्य प्रदेश राज्य (ए.आई.आर. 1977 सु.को. 1358) में उच्चतम न्यायालय ने कहा कि भ्रष्टाचार के मामले में नैसर्गिक नियमों के अनुसार दूसरे पक्ष को सुनवाई का अवसर प्रदान किया जाना चाहिए। इसके अतिरिक्त पंचायत के पदाधिकारियों के लिए इस प्रकार से एक आचार-संहिता तैयार की जा सकती है—

1. पंचायत के पदाधिकारियों को संबंधित पंचायत के अनुशासन को मानना पड़ेगा।
2. वे पंचायत के हित के विरुद्ध काम न करें।
3. अपने कार्य की उपेक्षा न करें या पंचायत की संपत्ति को हानि न पहुँचाएँ।
4. गलत सूचना देकर पंचायत में निर्वाचित नहीं होने देना।
5. पंचायत के लेखा को ठीक समय पर प्रस्तुत करना तथा उसके परीक्षण एवं प्रमाण-पत्र की व्यवस्था करना।
6. यदि निर्वाचित पंचायत पदाधिकारी किसी आदेश को लिखित देता है तो वह पूर्ण रूप से उस कार्य का जिम्मेदार है।
7. पंचायत की बैठकों या क्षेत्र में जातिवाद, संप्रदायवाद या क्षेत्रीय भावनाओं को न भड़काना। पंचायत प्रशासन के लिए सभी मतदाता एक समान हैं। उनके राजनीतिक, धार्मिक या जातीय रंग से पंचायत को कोई प्रयोजन नहीं।
8. रिश्वत देने या लेने से दूर रहना, अर्थात् किसी अनैतिक मामले में न पड़ना।
9. कोई अवचार न करना तथा ऐसा कोई कार्य न करना, जिससे उसकी पंचायत या राज्य शासन को लोकनिंदा का पात्र बनना पड़े।
10. किसी आपराधिक मामले में न शामिल होना। 'चेक और बैलेंस' हमारे देश के लिए स्वर्णिम सिद्धांत है। संविधान में राज्य के एक अंग का दूसरे अंग के साथ अन्योन्याश्रय संबंध है। यही व्यवस्था पंचायतों तथा नौकरशाही के संबंधों में होनी चाहिए। पंचायतों को जनता में अपनी साख स्थापित करने के लिए अत्यंत परिश्रम तथा त्याग करना पड़ेगा, ताकि जनता उन्हें अपने प्रतिनिधि के रूप में भेजकर गौरव अनुभव करे।

□

पंचायत द्वार राजनीतिक नेतृत्व की पौधशाला है

लौह पुरुष सरदार पटेल ने कहा था—'पंचायत संस्थाएँ प्रजातंत्र की नर्सरी हैं।' पूर्व केंद्रीय पंचायत मंत्री श्री सुरेंद्र कुमार डे ने भी कहा है—'पंचायती राज धीरे-धीरे हमारे जीवन का एक अंग बन जाएगा, जीवन बिताने का तरीका बन जाएगा और सरकार की एक इकाई मात्र न होकर सरकार और प्रशासन के संबंध में एक नया दृष्टिकोण बन जाएगा। यह जनता को एक क्रम से, सिलसिलेवार ग्राम-सभा से लेकर लोक-सभा तक जोड़ देगा।'

स्वतंत्रता-प्राप्ति के पश्चात् हमारा प्रशासनिक ढाँचा ऊपर से नीचे की ओर रहा, अर्थात् सभी ऊर्ध्व की ओर ताकते रहे, जैसे वर्षा के आगमन की प्रतीक्षा में चातक पक्षी बादलों की ओर एकटक दृष्टि से देखता रहता है, पर हमारे शीर्ष नेतृत्व ने देशवासियों को यदि बुरी तरह निराश नहीं किया तो कम-से-कम उनकी आशाओं की पूर्ति तो नहीं की है। यही कारण है कि लोग आजकल प्रशासन में ही अपने अंश का मालपुआ माँग रहे हैं। यही औचित्य अनुसूचित जाति, अनुसूचित जनजाति तथा पिछड़े वर्ग के आरक्षण का है। यदि हमारा प्रशासन या विकास-तंत्र पिछले पचपन वर्षों में यथेष्ट उपलब्धियाँ प्राप्त नहीं कर सका तो अब पुनः उस प्रणाली से नई आशा करने का अर्थ यथार्थ को अनदेखा करना होगा।

हमारे देश या तंत्र की विफलता के लिए सर्वप्रथम दोष अयोग्य उच्चतम नेतृत्व को दिया जाता है। 'जब-जब होइ धरम कै हानी' में विश्वास करनेवाला भारत अपने उच्च नेतृत्व वर्ग को दायित्व देने के बाद अपने कर्तव्य की इतिश्री मानकर बैठ जाता है। 'महाजनो येन गतः सः पन्था' में भी यही संदेश है। यह संयुक्त राज्य अमेरिका तथा ऑस्ट्रेलिया की भाँति कोई भी उच्च प्रशासन-तंत्र भारत में एक अरब लोगों को काम किए बिना नहीं खिला सकता। उन्हें अपने बलबूते पर अपने पेट की भूख की

ज्वाला को शांत करना होगा। फिर भी यदि हमारे देश का सर्वोच्च प्रशासन सुधर जाए तो देश की दशा बहुत सीमा तक ठीक हो सकती है। आवश्यक है कि सर्वोच्च नेतृत्व वर्ग में उत्तम, मँजे हुए तथा अनुभवी लोग पहुँचें। पंचायतों में काम करते हुए पंचायत-प्रतिनिधियों को स्वतः ही उत्तम प्रशिक्षण प्राप्त हो जाता है, जिसका उपयोग वे भविष्य में नेतृत्व के उच्चतर सोपानों पर कर सकते हैं। इसके साथ-साथ स्थानीय जनता के संपर्क में रहने के कारण वे शिकायतों तथा समस्याओं के प्रति अति संवेदनशील हो जाते हैं। दूसरों के दृष्टिकोण को उचित सम्मान देने तथा सभाओं में भाग लेने का उनका अनुभव समृद्ध हो जाता है। कहते हैं कि पूर्व प्रधानमंत्री नरसिंह राव का तंत्र भ्रष्टाचार की गंगोत्तरी था। इसका कारण यह है कि जो नेता अपनी पृष्ठभूमि या माता-पिता अथवा संबंधियों के नाम के बल पर ऊँचे स्थानों पर पहुँच जाते हैं, वे जनता के दर्द तथा समस्याओं को सही रूप में नहीं समझ सकते। वे तानाशाह, सनकी तथा निरंकुश होते हैं, जो प्रजातंत्र के लिए खतरे की घंटी है। दूसरी ओर पंचायतों के माध्यम से सर्वोच्च पद पर पहुँचनेवाला व्यक्ति सहृदय, परिश्रमी तथा जनता की नाड़ी को सही परखनेवाला वैद्य होता है, क्योंकि वह अपने परिश्रम द्वारा शिखर तक पहुँचता है।

आजकल सभी राजनीतिक दलों के समक्ष यह विराट् समस्या है कि उनके पास ऐसे कार्यकर्ताओं का अभाव है जो जनता के बीच रहकर निम्नतम स्तर पर काम करें। उनके पास नेताओं की अधिकता है, क्योंकि दल की सदस्यता प्राप्त करने के बाद सभी विधायक तथा मंत्री होना चाहते हैं। अब तो उन्हें नौकरशाहों की भाँति यह रोग भी लग गया है कि वे विधायक से अधिक राज्य के किसी निगम या सहकारी संस्था अथवा संगठन में पदाधिकारी होना चाहते हैं, ताकि उन्हें एक वातानुकूलित कमरा मिल जाए, उनके पास लगातार घंटी सुनने तथा चाय लाने के लिए चपरासी हो और उनके आदेशों को दूसरों तक पहुँचाने के लिए निजी सचिव, असीमित टेलीफोन सुविधा तथा मोटर-कार का उपयोग करने की छूट हो।

इस समस्या का एक हल है। राजनीतिक नेतृत्व की शुरुआत पंचायत स्तर से हो तथा राजनीतिक दल के प्रत्येक सदस्य की प्रोन्नति विभिन्न पंचायतों के स्तर पर उसके कार्य के अनुसार हो, जैसे सरकारी अधिकारियों की प्रोन्नति उनके वार्षिक चरित्र आकलन के आधार पर होती है। यह सच है कि पंचायत संस्थाओं के अतिरिक्त राजनीतिक कार्यकर्ता के बहुत से अन्य कर्म होंगे, जो उसकी चरित्र-पंजिका में होंगे, जैसे—राजनीतिक कार्यक्रमों के समय भीड़ जुटाना, चंदा करना या राजनीतिक विरोधियों को निष्क्रिय करना अथवा उनका सफाया करना। ऐसा करने से राजनीतिक

दल अपने सभी कार्यकर्ताओं को दल के एकसूत्र में बाँधकर रख सकेगा तथा कार्यकर्ता एक-दूसरे की कमीज पकड़ने वाले नेता नहीं बनेंगे।

यह समझ में नहीं आता कि क्यों राज्य सरकार के मंत्रिगण पंचायतों को आवश्यक क्षमता तथा अधिकार नहीं देना चाहते हैं? यदि पंचायतों के प्रतिनिधि सशक्त होंगे तो उन्हें चुनाव के लिए न तो धन इकट्ठा करना पड़ेगा और न ही अपने चुनाव-क्षेत्र की प्रत्येक सड़क की धूल खानी पड़ेगी, क्योंकि तब उसके दल के उस क्षेत्र के पंचायत-प्रतिनिधि या भावी पंचायत-प्रतिनिधि अपने संसाधनों द्वारा प्रचार करेंगे, क्योंकि विधानसभा में उनके निर्वाचित होने पर पंचायत-प्रतिनिधियों को राज्य सरकार में पंचायतों के सम्यक् हितैषी तथा हिमायती मिल जाएँगे। व्यावहारिक रूप से पश्चिम बंगाल में यह देखा गया है कि लोकसभा या विधानसभा की सदस्यता के लिए खड़े उम्मीदवार को घर-घर जाकर प्रचार नहीं करना पड़ता है। यह काम पंचायत स्तर का नेतृत्व वर्ग करता है, जो वहाँ के लोगों के दुःख-सुख से निरंतर जुड़ा हुआ है तथा वह उनकी जीत-हार में सीधा भाग लेता है। कभी-कभी तो पश्चिम बंगाल में चुनाव इतना निर्जीव हो जाता है कि पता ही नहीं चलता कि चुनाव हो रहे हैं।

आजकल जनता तथा नेता के बीच अविश्वास की जो खाई बढ़ती जा रही है, उसे पाटने का एकमात्र उपाय यह है कि राजनीतिक दल जनता से केवल अपनी पंचायत या नगरपालिका के प्रतिनिधियों के माध्यम से मिलें, जो सदैव जनता के साथ हैं तथा उसके दुःख-सुख के भागीदार हैं। दूसरी बात, जनता वायदा खिलाफी करने पर उन्हें कभी भी पकड़ सकती है; जबकि विधानसभा या संसद के सदस्य को पकड़ना तो क्या, चुनाव के पश्चात् साधारण जनता को उनसे मिलना ही दुष्कर हो जाता है।

न्यायमूर्ति (अवकाश-प्राप्त) श्री वी.आर.कृष्ण अय्यर ने अपने लेख 'पंचायती राज : वास्तविकता या मृगमरीचिका' में लिखा है—'राजधानी से नियंत्रण तथा आदेश देने की प्रणाली समाप्त होनी चाहिए। स्थानीय स्वशासी इकाइयों के प्रति संस्थागत न्याय हमारे विकेंद्रीकृत लोकतंत्र तथा हमारी आर्थिक धरोहर का आधारभूत तत्त्व है। तब इस विचार को क्यों ठुकराया जाता है और गांधीवादी सिद्धांत की बलि क्यों दी जाती है? उसका उत्तर है—सत्ता हथियाने की भ्रष्ट भूख और यह दुःखद आशंका कि पंचायत राजनीति के कारण कुछ क्षेत्रों में सत्ता कहीं शासक दल के हाथ से निकलकर विपक्ष के हाथ न चली जाए। गणराज्य तब कैसे कायम रहेगा, जब सत्ता के लिए झगड़ों में उलझी पार्टियों की नींव रेत पर टिकी हो! लोगों के लिए दल

होना चाहिए, किंतु यदि 'दल के लिए लोग' सिद्धांत हावी हो जाए तो इससे विकास को एक झटका लगता है।'

यदि पंचायतों के चुनाव न कराने का कारण सत्ताधारी दल का यह शक है कि कहीं विपक्ष के लोग पंचायतों पर हावी न हो जाएँ तो पंचायतों के चुनाव चार वर्ष के लिए कराए जा सकते हैं। कोई भी दल राज्य में सत्ता में आने पर तुरंत पंचायत चुनाव कराए तथा अपना कार्यकाल पूरा होने के पूर्व पंचायतों को भी निलंबित कर दे, ताकि निर्वाचन मंडल द्वारा राज्य की सत्ता पर काबिज राजनीतिक दल की पंचायतों के कार्य के प्रति पूर्ण जवाबदेही स्थिर की जा सके। पंचायत का उद्देश्य प्रशासन को चुस्त-दुरुस्त करना है, न कि स्वयं सत्ता पर काबिज हो जाना। इस प्रकार पंचायतों को लोक-कल्याण का साधन मानना चाहिए, न कि साध्य। यद्यपि पंचायतों की स्थापना से ही लोगों को संतोष मिलता है, क्योंकि वे सत्ता तथा शासन में स्वयं को भागीदार मानने लगते हैं। इस प्रकार सरकारी कार्यों या योजनाओं में स्वतः जन सहयोग उपलब्ध हो जाता है। श्री एस.के. डे लिखते हैं— 'भारत में सरकारी व्यवस्था चलाने की अंतिम कड़ी पंचायत है। अगर प्रजातंत्र को फूलना-फलना और मजबूत होना है तो पंचायत के कार्यों को भी विकेंद्रीकृत करना होगा।'

यदि सफल नेताओं की पृष्ठभूमि का सर्वेक्षण किया जाए तो ज्ञात होगा कि भारत में ही नहीं, विश्व में भी सफलतम नेतागण निचले स्तर से आते हैं। अमेरिका का प्रत्येक राष्ट्रपति किसी राज्य का राज्यपाल अवश्यंभावी रूप से रह सकता है। सरदार पटेल, पं. जवाहरलाल नेहरू, नेताजी सुभाष चंद्र बोस तथा गोविंद बल्लभ पंत केंद्रीय सरकार में आने के पूर्व नगरपालिकाओं के मेयर या अध्यक्ष रह चुके थे। पश्चिम बंगाल सरकार में कई मंत्री जिला परिषदों के सभापति या अध्यक्ष के रूप में काम कर चुके हैं।

इस धारणा के विरुद्ध यह तर्क दिया जा सकता है कि पंचायतों तथा राज्य एवं केंद्रीय सरकारों की कार्य-प्रणाली में जमीन-आसमान का अंतर है। यह ठीक नहीं है। पंचायतों की सभाओं में बैठने पर नाना प्रकार के तर्क-वितर्क होते हैं। प्रत्येक व्यक्ति अपने आँकड़े प्रस्तुत करता है तथा किसी भी निर्णय के परिणाम का विश्लेषण करता है। इसके अतिरिक्त संसाधनों की उत्तम स्थिति तथा इस निर्णय या प्रस्ताव को संबंधित पंचायत की संपूर्ण बैठक से पास करना भी पूर्व शर्तें हैं। यदि इन तथ्यों या प्रक्रियाओं का समुचित ध्यान भी रखा जाए तो निर्णय त्रुटिपूर्ण हो ही नहीं सकता है। दूसरी ओर, पंचायतों में निर्णय लेनेवाला पदाधिकारी स्थानीय परिस्थितियों, भौगोलिक तथा स्थानीय

अनुभव को भी समान महंत्त्व देता है। यदि प्रांतीय तथा राष्ट्रीय स्तर पर भी नेतागण इन तथ्यों का निर्णय लेने के पूर्व विचार करें तो उनके निर्णय निश्चय ही जनहित में होंगे। पंचायत में निर्णय लेते समय प्रस्ताव लिखनेवाले अथवा तकनीकी सलाह देनेवाले तकनीकी अधिकारियों के अतिरिक्त सभी जन-प्रतिनिधि सम्मिलित होते हैं। अतः पंचायत के पदाधिकारी निरंकुश तरीके से निर्णय लेने की भूल नहीं कर सकते, जबकि कभी-कभी यह भूल प्रांतीय तथा केंद्रीय मंत्रिगण करते हैं।

पंचायत-प्रणाली में भी एक दोष है। ग्राम-पंचायत स्तर से उठकर केंद्रीय मंत्री के पद पर विराजमान होने तक कोई व्यक्ति इतना वृद्ध हो जाता है कि उसके पास अपने सुनहरे अनुभवों को कार्यरूप में परिणत करने की न तो शक्ति रहेगी और न ही उत्साह। इस दशा में उत्तम यह होगा कि राजनीतिक दल पंचायत के किसी भी स्तर से ऐसे प्रतिभाशाली नेताओं को चुन लें तथा उन्हें त्वरित (फास्ट ट्रैक) माध्यम से प्रांत तथा केंद्र स्तर तक ले जाएँ, जैसा अखिल भारतीय सेवाओं में होता है। युवा नेतृत्व हर समय उत्तम होता है, क्योंकि उसे अपने किए हुए कार्यों के परिणामों को भोगने के लिए तैयार रहना पड़ता है। दूसरे, वह समाज के अधिकांश वर्ग का प्रतिनिधित्व करता है। वह तुलनात्मक रूप से चापलूसों तथा अक्षम लोगों से दूर रहता है, क्योंकि एक सुंदर भविष्य उसकी प्रतीक्षा कर रहा होता है। वह अपने किए हुए कार्यों के प्रति जवाबदेह है। यह भी व्यवस्था हो कि तकनीकी या विशिष्ट क्षेत्रों के विशेषज्ञ पंचायत की सत्ता की बागडोर सँभालने के लिए अपरिहार्य रूप से चयनित हो। उन्हें पंचायतों के प्रशिक्षण-प्रांगण में वस्तुस्थिति से अवगत होने के लिए सम्यक् अवसर मिलना चाहिए।

उपर्युक्त सुझाव वास्तव में बहुत जटिल हैं; पर इसके अतिरिक्त कोई उपाय नहीं है। आज संविधान की मान्यता के अनुसार हम जिस पंचायत-प्रणाली की स्थापना करने जा रहे हैं, वह सदियों से चली आ रही नियमबद्ध नौकरशाही का स्थान एक दिन लेगी। अतः यह आवश्यक है कि यह व्यवस्था नौकरशाही की व्यवस्था से अधिक पूर्ण तथा दोषरहित हो। दूसरे, पंचायतों के माध्यम से हजारों करोड़ रुपए विकास कार्यों पर खर्च होने जा रहे हैं, जो भूतकाल में कभी नहीं हुआ करता था। इस प्रकार पंचायतें हमारे नागरिकों के जीवन स्तर को सुधारने में एक महत्त्वपूर्ण भूमिका निभाने जा रही हैं। इसलिए पंचायतों को दोषरहित तथा गतिशील बनना पड़ेगा। पंचायत-प्रणाली अपने में पूर्ण नहीं कही जा सकती है, क्योंकि कोई प्रणाली अपने आप में पूर्ण नहीं होती। उस संस्था को बनानेवालों पर संस्था का मान बहुत कुछ निर्भर करता है। इसलिए पंचायतों के तीन स्तरों पर ऐसे प्रतिनिधि तथा

पदाधिकारी हों, जो अनुभव की भट्ठी में ठीक से तपे हों, जिन्होंने लोकसेवा का व्रत लिया है तथा जो भ्रष्ट आचरण से कोसों दूर हों। यदि जनता ने मत देने के अपने दायित्व का निर्वाह ठीक तरह से किया तो निश्चय ही पंचायत-प्रतिनिधियों की एक ऐसी सेना तैयार होगी, जो भारत के किसी भी आंतरिक अथवा बाह्य शत्रु को आसानी से पराजित कर सकेगी। पंचायत-प्रक्रिया से छँटकर या चयनित होकर जो नेतृत्व प्रांत या देश को प्राप्त होगा, वह देश के लिए भी आदर्श होगा और हम तब अपनी शासन-प्रणाली तथा नेताओं पर गर्व कर सकेंगे।

□

पंचायतों के लिए विशेष न्यायालय

भारतीय शासन के तीसरे सशक्त स्तंभ के रूप में उभरी पंचायतों से संबंधित संविधान के भाग 9 तथा भाग 9-क में उपबंध निम्नलिखित हैं—

(क) किसी भी पंचायत सदस्य को पंचायत की सदस्यता के अयोग्य किया जा सकता है, बशर्ते—

1. वह राज्य के विधानमंडल द्वारा बनाई गई किसी विधि द्वारा अयोग्य कर दिया गया हो। {अनुच्छेद-243 च (ख)}
2. यदि यह प्रश्न उठता है कि किसी पंचायत का कोई सदस्य किसी अयोग्यता से ग्रस्त हो गया है या नहीं तो वह प्रश्न ऐसे प्राधिकारी को और ऐसी रीति से, जो राज्य का विधानमंडल, विधि द्वारा, उपबंधित करे, निर्णय के लिए निर्देशित किया जाएगा। {अनुच्छेद 243 च (2)}

(ख) संविधान (तिहत्तरवाँ संशोधन) अधिनियम, 1992 के लागू होने के ठीक पूर्व किसी राज्य में प्रवृत्त पंचायतों से संबंधित किसी विधि का कोई उपबंध, जो इस भाग के उपबंधों से असंगत है, जब तक सक्षम विधानमंडल द्वारा या अन्य सक्षम प्राधिकारी द्वारा उसे संशोधित या निरसित नहीं कर दिया जाता है या जब तक ऐसे प्रारंभ से एक वर्ष समाप्त नहीं हो जाता है, इनमें से जो भी पहले हो, तब तक प्रवृत्त बना रहेगा। {अनुच्छेद-243 ढ}

(ग) राज्य का विधानमंडल पंचायतों के निर्वाचनों से संबंधित सभी विषयों के संबंध में विधि बना सकेगा। किसी ऐसी विधि की विधि-मान्यता, जो निर्वाचन-क्षेत्रों के परिसीमन या ऐसे निर्वाचन-क्षेत्रों को स्थानों के आवंटन से संबंधित है, किसी न्यायालय में प्रश्नगत नहीं की जाएगी।

किसी पंचायत के लिए कोई निर्वाचन ऐसी निर्वाचन अर्जी पर ही प्रश्नगत किया जाएगा, जो ऐसे प्राधिकारी को और ऐसी रीति से प्रस्तुत की गई है, जिसका राज्य के विधानमंडल द्वारा बनाई गई किसी विधि द्वारा या उसके अधीन उपबंध द्वारा

किया जाए, अन्यथा नहीं। {अनुच्छेद-243 ण}

उपर्युक्त संवैधानिक उपबंधों से स्पष्ट है कि राज्य सरकारों का पंचायत-संबंधी कोई भी विधान या विधेयक संविधान के उपबंधों का अतिक्रमण नहीं कर सकता है। राज्य के विधानमंडलों को असीमित शक्तियाँ प्राप्त हैं कि वे पंचायत के सदस्यों की अयोग्यता के विषय में कोई भी विधिसम्मत प्रक्रिया निर्धारित कर सकते हैं। पंचायती राज संस्थाओं के विभिन्न स्तरों पर अनियमितताएँ तथा भ्रष्टाचार रोकने के लिए राज्य सरकारों ने विभिन्न कानून और नियम बनाए हैं। यह आवश्यक भी है, क्योंकि पंचायतों की स्वायत्तता निरंकुश तथा अनियंत्रित नहीं होनी चाहिए। पंचायतें भी लोक-निधि (पब्लिक फंड) को उपयोग में ला रही हैं। पहले पचपन वर्ष पहले स्वतंत्र हुए इस राष्ट्र को अभी भी विकास के पथ पर मीलों दूर जाना है। भारतीय दंड संहिता की धारा 21 के अनुसार पंचायत-प्रतिनिधि भी लोक सेवक (पब्लिक सर्वेंट) की परिभाषा के अंतर्गत आते हैं। पंचायत सदस्य लोक सेवक जैसा कार्य करते हैं तथा लोक सेवकों के काम में सहायता करते हैं। सरकारी संपत्ति भी उनके जिम्मे रहती है।

सन् 1997 में उच्चतम न्यायालय ने नारायन दत्तात्रेय रामतीर्थंकर बनाम महाराष्ट्र राज्य में (ए.आई.आर. 1997 सु.को. 2148) यह निर्देश दिया कि यदि कोई लोक सेवक कुछ समय तक सरकारी पैसा अपने पास रखे रहता है तो भी यह आपराधिक दुर्विनियोग होगा तथा वह 'लोक सेवक' दंड का भागी होगा।

मध्य प्रदेश राज्य बनाम नरसिम्हन मामले में उच्चतम न्यायालय के निर्णय (1975, 2 एस.सी.सी. 37) के अनुसार, पंचायत-प्रतिनिधि तथा पंचायतों के पदाधिकारीगण निश्चय ही भ्रष्टाचार-निरोधक कानून के अंतर्गत आते हैं, पर विजय कुमार बनाम मध्य प्रदेश राज्य (ए.आई.आर. 1977 सु.को. 1358) में उच्चतम न्यायालय ने कहा कि भ्रष्टाचार के मामले में नैसर्गिक सिद्धांतों (नेचुरल जस्टिस) के अनुसार, दूसरे पक्ष को सुनवाई का अवसर प्रदान किया जाना चाहिए।

सभी राज्यों ने प्रशासनिक कार्यों के निरीक्षण तथा अनियमितताओं के विरुद्ध कार्रवाई करने का अधिकार विभिन्न स्तरों की पंचायतों पर अधिकृत सरकारी अधिकारियों को सौंपा है। हरियाणा, हिमाचल प्रदेश तथा मध्य प्रदेश में जिलाधिकारी या उपायुक्त अपने निरीक्षण के आधार पर ही पंच, सदस्य या ग्राम-पंचायत प्रधान को निलंबित कर सकता है; जबकि पश्चिम बंगाल आदि प्रदेशों में पंचायतों के प्रतिनिधियों के विरुद्ध कोई भी कार्रवाई करना असंभव एवं अव्यावहारिक है। महाराष्ट्र में मंडलायुक्त को सभी पंचायत संस्थाओं के निरीक्षण तथा देख-रेख करने

का अधिकार प्रदान किया गया है। वहाँ की राज्य सरकार किसी भी पंचायत को गंभीर कुशासन या कुप्रबंधन के लिए निलंबित कर सकती है। यह भी व्यावहारिक नहीं है, क्योंकि एक उपायुक्त द्वारा अपने अन्य प्रशासनिक दायित्वों के साथ-साथ तीन स्तरीय पंचायत संस्थाओं का निरीक्षण तथा अनुश्रवण (मॉनिटरिंग) करना संभव नहीं है। उड़ीसा में महाराष्ट्र जैसी पद्धति है। महाराष्ट्र तथा तमिलनाडु में जिला परिषद के किसी प्रस्ताव को जिलाधिकारी जनहित में परिवर्तित कर सकता है। तमिलनाडु में जिलाधिकारी दो-तिहाई प्रतिनिधियों के प्रार्थना-पत्र पर जिला परिषद के अध्यक्ष को हटा सकता है। राजस्थान में ग्राम-सभा किसी भी प्रधान को दो-तिहाई बहुमत के आधार पर उसके पद से उतार सकती है। ऐसा वहाँ हो भी रहा है।

उत्तम यह होगा कि मध्य प्रदेश के तथा राजस्थान की वर्तमान पद्धति के मध्य मार्ग की उपयुक्त विधि बनाई जाए। यदि जाँच के पश्चात् ग्राम-सभा इस निर्णय पर पहुँचती है कि किसी कार्य या योजना के कार्यान्वयन में अनियमितताएँ, भ्रष्ट आचरण अथवा भ्रष्टाचार घटित हुआ है तो वह पूर्ण विवरण के साथ एक रपट स्थानीय अनुमंडल अधिकारी (एस.डी.ओ.) के पास भेजें, जो कि एक समय-सीमा के अंदर एक निष्पक्ष जाँच समिति से जाँच करवाएगा तथा उस प्रधान या सदस्य के विरुद्ध आवश्यक कार्रवाई कर सकेगा। अनुमंडल या परगनाधिकारी को यह अधिकार रहे कि वह प्रधान या ग्राम-पंचायत सदस्य की सदस्यता निरस्त कर सके।

उसी प्रकार प्रखंड स्तर की पंचायतों, अर्थात् पंचायत समितियों के संबंध में जिलाधीश या उपायुक्त को यह अधिकार दिया जाना चाहिए कि वह सरकारी तथा निर्वाचित प्रतिनिधियों के कार्यों की जाँच-पड़ताल के लिए जाँच समिति नियुक्त करे एवं तदनुसार पंचायत समिति स्तर के अध्यक्ष, पदाधिकारी या सदस्य के विरुद्ध अनुशासनात्मक कार्रवाई करके उन्हें निलंबित कर सके या उनकी सदस्यता खारिज कर सके। इसी प्रकार संभागीय आयुक्त को जिला परिषद के अध्यक्ष, पदाधिकारियों एवं सदस्यों के कार्यों की जाँच-पड़ताल का अधिकार होना चाहिए, ताकि वे उन्हें उनके पद या सदस्यता से हटाने के लिए राज्य सरकार के पास अपनी संस्तुति भेज सकें, जिसपर राज्य सरकार निश्चित समय-सीमा के अंतर्गत कार्रवाई करने के लिए बाध्य हो। यह भी आवश्यक है कि अंतिम कार्रवाई का विवरण संबंधित पंचायत की सामान्य सभा में प्रस्तुत करना आवश्यक हो, ताकि उस प्रकार की कार्रवाई में आवश्यक पारदर्शिता हो तथा ऐसी काररवाइयाँ किन्हीं राजनीतिक उद्देश्यों से अनुप्राणित न हो, न ही एकपक्षीय हो अथवा न ही सरकारी दबाव में हो। उत्तर प्रदेश तथा पश्चिम बंगाल में इसी प्रकार की व्यवस्था है। उत्तर प्रदेश में तो भ्रष्टाचार

सिद्ध होने पर पंचायत-पदाधिकारियों को उत्तर प्रदेश पंचायत अधिनियम के अनुसार आर्थिक दंड तथा तीन वर्ष तक की कैद की सजा हो सकती है। पर सरकार कोई कार्रवाई करने से कतराती है तथा भ्रष्टाचार के विरुद्ध प्रावधान केवल विधि की पुस्तकों के पृष्ठों को ही सजाते हैं। ऐसी व्यवस्था हमारी संवैधानिक व्यवस्था से मेल खाती है, जिसमें राज्य के तीन अंगों का नियंत्रण एक-दूसरे पर है, जिसे हम 'चेक एंड बैलेंस' प्रणाली कहते हैं।

ग्यारहवें वित्त आयोग ने पंचायतों के लिए अनिवार्य लेखा-परीक्षण की आवश्यकता पर जोर दिया है तथा इसके लिए प्रत्येक स्तर पर धन भी उपलब्ध कराया है। अतः यह अनिवार्य है कि तत्संबंधी विधि का तुरंत निर्माण हो, ताकि पंचायत सदस्यों या पदाधिकारियों के विरुद्ध आवश्यक दंडात्मक कार्रवाई हो सके। वे नियमित सरकारी कर्मचारी या अधिकारी तो नहीं हैं, जो उनके विरुद्ध अनुशासनात्मक कार्रवाई संभव है। दूसरी ओर सामाजिक लेखा-परीक्षण सभी राज्यों में व्यावहारिक नहीं है, क्योंकि हरियाणा, बिहार आदि राज्यों में ऐसा करने पर ग्रामों में रक्तरंजित हिंसा की शुरुआत हो सकती है। उन कुछ राज्यों में अभी भी सामंतवादी भूमि मालिकों, धनाढ्य व्यक्तियों तथा सवर्णों की समानांतर सत्ता गाँवों में चलती है। इनमें से कुछ तत्त्वों ने अपने बलबूते नई पंचायत संस्थाओं पर परोक्ष या अप्रत्यक्ष रूप से कब्जा कर रखा है।

पंचायतों के निर्वाचन से संबंधित वादों के विषय में संविधान में यह उपबंध है कि ऐसे वाद या मामले न्यायालय में नहीं जा सकेंगे। यह उपबंध इसलिए किया गया है कि निर्वाचन संबंधी मामले वर्षों तक अदालतों में लंबित रहने के कारण कई पंचायतें कार्य ही नहीं कर सकीं। उनका जन्म होने के साथ ही उन्हें निष्क्रिय कर दिया गया। उनका निर्वाचन हुआ, तुरंत निर्वाचन से संबंधित मामला अदालत में दाखिल हुआ तथा अदालत से स्थगन आदेश निकल गया। बाद में अदालतों में इन वादों की निष्पत्ति में औसतन पाँच वर्ष का समय लग जाता था। तब तक नई पंचायत संस्था चुनने का समय आ जाता है।

अतः उत्तम यही होगा कि निर्वाचन-क्षेत्रों के परिसीमन या निर्वाचन-क्षेत्रों के स्थान आवंटन के मामले ग्राम-पंचायत स्तर से संबंधित एस.डी.ओ. स्तर पर रहने दिए जाएँ, जबकि प्रखंड स्तर के मामले जिला स्तर पर तथा जिला स्तर के मामले मंडलायुक्त स्तर पर सुने जाएँ तथा उनकी प्रथम अपील राज्य सरकार के पास जाए।

चुनाव-संबंधी मामलों सहित भ्रष्टाचार के मामलों के लिए यदि मंडल स्तर या जिला स्तर पर विशेष न्यायालयों का गठन हो जाए तो अति उत्तम रहेगा। आपराधिक

प्रक्रिया संहिता, 1973 की धारा 11 के अंतर्गत राज्य सरकारें न्यायिक दंडाधिकारी (श्रेणी I या II) की ऐसी विशेष अदालतें स्थापित कर सकती हैं, जो विशेष प्रकार के मुकदमों की सुनवाई कर सकें तथा उन्हें निपटा सकें। राज्य सरकार केवल संबंधित उच्च न्यायालय से परामर्श करके ही ये अदालतें स्थापित कर सकती है। धारा 13 के अंतर्गत राज्य सरकारें ऐसी अदालतें केवल एक वर्ष तक की अवधि के लिए स्थापित कर सकती हैं; पर इन अदालतों के द्वारा शायद चुनाव-संबंधी वादों को सुनने में कठिनाई हो, क्योंकि चुनाव-संबंधी वाद मुख्यतः सिविल मामलों के अंतर्गत आते हैं। अतः उत्तम यह होगा कि राज्य सरकारें प्रत्येक मंडल या जिला स्तर पर कानून बनाकर ऐसे विशेष न्यायालयों का गठन करें, जिनके न्यायाधीश या पीठासीन अधिकारी जिला न्यायाधीश स्तर के न्यायिक अधिकारी हों तथा जो कम-से-कम पाँच वर्षों तक अतिरिक्त जिला एवं सत्र न्यायाधीश के पद पर काम कर चुके हों। ऐसा करने से दोनों समस्याओं का समाधान हो सकता है। ये विशेष न्यायालय पंचायत सदस्यों या पदाधिकारियों द्वारा विधि के उल्लंघन तथा भ्रष्टाचार-निरोधक मामले, तीन स्तरीय पंचायतों के आपसी विवाद आदि, निचले स्तर की पंचायत को धनराशि उपलब्ध न कराने अथवा क्षेत्राधिकार के विवाद और चुनाव-संबंधी याचिकाएँ भी सुन सकेंगे। इनके निर्णयों के विरुद्ध अपील उच्च न्यायालय में ही हों। ये न्यायाधीश उच्च न्यायालय के परामर्श से ही नियुक्त हों तथा उनपर प्रशासनिक नियंत्रण संबद्ध उच्च न्यायालय का हो। केंद्रीय सरकार भी पारिवारिक न्यायालय अधिनियम, 1984 के ढाँचे पर एक मॉडल अधिनियम बना सकती है, जिसे सभी राज्य एवं केंद्र-शासित प्रदेश आवश्यक स्थानीय परिवर्तन के साथ लागू करें। इससे देश में समान प्रकार के पंचायत न्यायालय स्थापित करने में सुविधा होगी।

इस प्रकार के न्यायालयों की स्थापना पारिवारिक न्यायालय अधिनियम, 1984 के अंतर्गत मध्य प्रदेश राज्य में पारिवारिक झगड़ों में सुलह कराने तथा उन्हें निपटाने के लिए हुई थी। वहाँ पर प्रत्येक राजस्व मंडल में एक विशेष अतिरिक्त जिला एवं सत्र न्यायाधीश की नियुक्ति हुई, जो पारिवारिक मामलों से जुड़े वादों का निपटारा करते हैं।

मध्य प्रदेश में इस प्रकार का प्रयोग अति सफल रहा, क्योंकि इन न्यायालयों की स्थापना करने के लिए कोई विशेष व्यवस्था करने की आवश्यकता नहीं होती है। अधिवक्तागण भी न्यायालय परिसर में रहते हैं तथा उनकी ओर से ऐसे वादों को निपटाने में आपत्ति नहीं होती है, अन्यथा जहाँ जिला न्यायालय के परिसर से बाहर किसी न्यायालय की स्थापना हुई, वहाँ अधिवक्ताओं की ओर से आपत्ति खड़ी की जाती है। सरकार को भी अधिक खर्च वहन नहीं करना पड़ता है, क्योंकि जिला न्यायालय

के परिसर में विद्यमान अवसंरचनात्मक सुविधाओं का वे उपयोग कर लेते हैं। दूसरी ओर, यदि उन विशेष न्यायाधीशों के पास यदि प्रारंभ में आवश्यक संख्या में मामले न हुए तो उन्हें अन्य मामले भी उच्च न्यायालय द्वारा हस्तांतरित किए जा सकते हैं।

5-6 अप्रैल, 2002 को पंचायत प्रतिनिधियों के दिल्ली सम्मेलन में प्रधानमंत्रीजी की अध्यक्षता में पंद्रह सूत्री राष्ट्रीय घोषणा-पत्र ग्रहण किया गया, जिसमें एक बिंदु है—

'पंचायतों के विरुद्ध शिकायतों पर विचार करने के लिए राज्य स्तरीय ओमबड्समैन (शिकायत अधिकारी) की नियुक्ति दिसंबर 2002 तक होगी। राज्य सरकार पंचायतों का तभी अतिक्रमण कर सकेगी। जब उनके विरुद्ध शिकायतें इस संबंध में नियुक्त ओमबड्समैन द्वारा शिकायतों की ठीक-ठीक जाँच हो जाए। ये ओमबड्समैन अवकाश प्राप्त न्यायाधीश होंगे।'

दीवानी प्रक्रिया संहिता, 1908 में भारत सरकार ने 1 जुलाई, 2002 से दीवानी प्रक्रिया (संशोधन) विधेयक, 1999 तथा 2002 द्वारा जो संशोधन प्रभावी किए हैं, उनमें से एक महत्त्वपूर्ण संशोधन यह है कि किसी वाद को सुनवाई के पूर्व न्यायाधीश उसके सामने मामले को पहले आपस में सुलह तथा परिनिर्धारण के लिए भेजेगा। दीवानी प्रक्रिया संहिता का यह प्रावधान पंचायतों के लिए और अधिक काम में आएगा, ताकि पंचायतों या पंचायत सदस्यों तथा पंचायत संस्थाओं के झगड़े परस्पर निपटाए जा सकें। ये विशेष न्यायालय समयांतर में न्याय-पंचायतों या ग्राम-न्यायालयों से अपील सुन सकेंगे। इस प्रकार प्रत्येक जिला स्तर पर पंचायत न्यायालय नाम से एक लोकप्रिय न्यायालय का गठन होगा, जो पंचायती राज संस्थाओं से संबंधित सभी शिकायतों तथा मामलों को सुन सकेगा। उन्हें यह अर्हता प्रदान की जाएगी कि यदि वे यह अनुभव करें कि शिकायत के आधार पर किसी पंचायत के विरुद्ध दीवानी या फौजदारी मामला बनता है तो वे इसका स्वयं संज्ञान ले सकें। इस प्रकार जहाँ पंचायतों की जनता के समक्ष जवाबदेही रहेगी, वहाँ न्याय-प्रक्रिया के माध्यम से भी एक प्रणाली उपलब्ध होगी, जिसके द्वारा जनता या प्रभावित व्यक्ति अपनी शिकायतों को दूर कर सकेंगे। सरकारी कर्मचारियों के नौकरी संबंधित झगड़ों या विवादों के निपटान के लिए राज्य सरकारों ने राज्य स्तर पर अधिकरण, प्राधिकारी या अधिकारी नियुक्त किए हैं, जो इन विवादों को विशेष रूप से त्वरित गति से निपटाते हैं। इसी प्रकार केंद्रीय सरकार ने भी अपने कर्मचारियों तथा अधिकारियों के सेवा से संबंधित विवादों के निष्पादन के लिए केंद्रीय प्रशासनिक पंचाट या अधिकरण की स्थापना की है, ताकि उनके कर्मचारियों को साधारण न्यायालयों का दरवाजा न खटखटाना पड़े, क्योंकि साधारण न्यायालयों में

मुकदमा जाने पर पाँच-दस वर्ष का समय लगना आम बात है। कभी-कभी चालाक तथा भ्रष्ट कर्मचारी या अधिकारी इस लंबित न्याय-प्रक्रिया का दुरुपयोग करते हैं तथा उनके विरुद्ध न्यायोचित कार्रवाई होने पर वे न्यायालयों से स्थगन आदेश प्राप्त कर लेते हैं। तत्पश्चात् वे उसी कार्यालय या पंचायत में अपनी मूँछों पर ताव देकर और अधिक अनुशासनहीनतापूर्वक काम करते हैं। ऐसा करने से नवगठित पंचायती राज संस्थाओं में एक अनुत्साह का वातावरण उत्पन्न होगा, जो देश के विकास में बाधक है, क्योंकि भारत में पंचायती राज संस्थाएँ ही विकास रथ की मुख्य सारथि हैं। कभी-कभी पंचायती राज संस्थाएँ भी विकास को दरकिनार करके इन महत्त्वहीन विषयों पर अपने अधिक श्रम, शक्ति तथा धन का अपव्यय करती हैं। वह भी त्याज्य है। अतः पंचायती संस्थाओं को भी विवादों पर खर्च करने की परिसीमा निर्धारित होनी चाहिए। प्रारंभ में सरकारी वकील ही उनके वादों की देख-रेख करें। यदि संभव हो सके तो निर्वाचन तथा भ्रष्टाचार के मामलों के अतिरिक्त अन्य वादों में अधिवक्ताओं को मुकदमों की पैरवी करना निषिद्ध हो।

इससे मुकदमों की निष्पत्ति में खर्च में कमी आएगी तथा समय कम लगेगा। अधिवक्तागण मुकदमों को कानूनी दाँव-पेंच के आधार पर लंबा खींचते हैं। हो सकता है कि राज्य सरकारें प्रारंभ में न्याय दंडाधिकारी को विशेष तौर से चिह्नित करके मंडल स्तर पर पंचायतों के विरुद्ध आपराधिक मामले को सुनने की शक्तियाँ दें। बाद में, पंचायत-संबंधी सभी शिकायतों, साधारण तथा कठिन वादों के निपटान के लिए जिला स्तर पर जिला न्यायाधीश स्तर के एक विशेष न्यायालय की स्थापना हो। ये न्यायालय पंचायतों के विरुद्ध शिकायतों को सुनें, जैसे उच्च न्यायालय या उच्चतम न्यायालय जनहित वाद सुनते हैं। दूसरी ओर ये पंचायतों के विरुद्ध भ्रष्टाचार के मुकदमों को भी सुनें, जो पुलिस अथवा प्रशासन द्वारा चलाए जाएँ अथवा साधारण जनता द्वारा। इसके अतिरिक्त पंचायतें भी चुनाव-संबंधी या वित्त-संबंधी अपनी शिकायतों या वादों को इन न्यायालयों में ला सकें। यदि राज्य सरकारें पंचायतों को धन का आवंटन न करें तो इस प्रकार के मुकदमे भी इन न्यायालयों में आ सकें। उच्चतम न्यायालय ने तो रिट पिटीशन नं. 312/96 में 12 अगस्त, 1997 को यह निर्णय दे ही दिया है कि पंचायतों की स्थापना राज्य सरकारों का दायित्व है। 'स्थापना' का अर्थ है उन्हें उचित दायित्व तथा वित्तीय क्षमता प्रदान करना। ये विशेष न्यायालय पंचायत एवं उनके कर्मचारियों के बीच विवादों का भी निपटारा करें तथा उनके निर्णय के विरुद्ध अपील केवल उच्च न्यायालय में हो।

□

पंचायती राज व्यवस्था का भविष्य

पंचायती राज को राज्य व्यवस्था का तीसरा स्तर समझा जाता है; पर इस तीसरे स्तर की जननी केंद्रीय सरकार तथा राज्य सरकारें हैं। केंद्रीय सरकार ने तो संविधान में भाग 9 तथा 9 क का प्रावधान करके यह सिद्ध कर दिया है कि वह पंचायर्ती राज व्यवस्था की सच्ची पक्षधर है, पर राज्य सरकारों का मनोभाव स्पष्ट नहीं होता है। संविधान के प्रावधानों के अनुसार सभी राज्यों के विधानमंडलों ने अधिनियम तो बना दिए हैं, पर उनका अनुपालन सुचारु रूप से नहीं हो पा रहा है, क्योंकि पंचायतों को न तो आवश्यक धन उपलब्ध कराया जा रहा है और न ही उनके नियंत्रण में आवश्यक सरकारी कर्मचारी या अधिकारी दिए गए हैं। पंचायतों के अस्तित्व में आने के कारण ग्रामवासियों की आशाएँ आसमान छूने लगी थीं, पर कुछ महीने बाद ही पंचायतों को धनाभाव के कारण रोता हुआ देखा गया। वास्तव में राज्य स्तर पर मंत्रिगण तथा विधायक पंचायतों को इतनी शक्तियाँ नहीं देना चाहते कि ग्रामों में उन्हें कोई पूछे तक ही नहीं तथा गाँव में या अपने क्षेत्र में छोटे-छोटे कार्यों के लिए उन्हें पंचायतों का मुखापेक्षी होकर उनके दरवाजों पर दस्तक देना पड़े। उन्हें जो विधानसभा सदस्य निधि प्राप्त होती है, उससे भी वे संतुष्ट नहीं हैं, क्योंकि वे तो ग्रामीण क्षेत्र के परंपरागत राजा-महाराजा रहे हैं। ज्ञात होता है कि इस सामंतवाद से प्रजातंत्र की ओर परिवर्तन शायद हिंसक संघर्ष की प्रतीक्षा कर रहा है।

पंचायती राज व्यवस्था की उपलब्धियों का आकलन करने के लिए जितनी भी समितियाँ गठित हुईं, सभी ने पंचायती राज व्यवस्था की प्रशंसा की है। राजस्थान में पंचायती राज की समीक्षा करते हुए सादिक अली कमेटी की रिपोर्ट में कहा गया है कि पंचायती राज के अधीन ग्राम-विकास में उनकी उपलब्धियाँ हुई हैं और स्थानीय शासन की इकाई के रूप में पंचायती संस्थाओं ने उत्तम प्रगति की है। सन् 1960-61 से लेकर 1963-64 के आँकड़ों के आधार पर कमेटी ने बताया है कि कृषि और पशुपालन में उत्पादन में वृद्धि हुई है, किंतु सामाजिक सुविधाओं पर खर्च कम किया

जाने लगा है और जन-सहयोग घट रहा है। सामाजिक सुविधाओं पर खर्च कम करने का कारण सन् 1961-62 के बाद उत्पादन कार्यक्रमों पर अधिक बल दिया जाना है।

सन् 1974-75 में डॉ. एल.एम. सिंघवी की अध्यक्षता में गठित समिति ने 1986 में यह मत दिया कि राजनीतिक दलों से संबंधित व्यक्तियों को पंचायती राज संस्थाओं में दखलंदाजी से कानून के द्वारा रोकना न तो व्यावहारिक है, न ही वांछनीय। यदि राजनीतिक दलों में सर्वसम्मति हो जाए तो यह ग्रहणीय है, पर यह सर्वसम्मति असंभव है। कानून में प्रावधान कर देने से उस स्थिति में निश्चय ही कोई परिवर्तन नहीं होनेवाला है, भले ही चुनावों में कोई भी राजनीतिक दल का चिह्न न दिया जाए। वास्तव में जहाँ दलविहीन चुनाव होते हैं, वहाँ भी विभिन्न दल अनौपचारिक रूप से घोषित कर देते हैं कि उनके कितने उम्मीदवार विजयी हुए हैं। इससे दलविहीन पंचायतों का मखौल उड़ता है। दूसरे, समिति ने सुझाव दिया कि कुछ ग्राम समूह के लिए एक न्याय-पंचायत हो, जो चुनाव द्वारा या इस उद्देश्य के लिए तैयार किए जानेवाले विशेष पैनल में से गठित की जाए। इसके अलावा, विवाद में उलझे प्रत्येक पक्ष को किसी पैनल में से एक न्याय पंच चुनने की अनुमति होगी, जिसकी अध्यक्षता एक व्यावसायिक न्यायाधीश द्वारा की जाए, जैसा मध्यस्थ निर्णय के मामले में होता है।

सन् 1978 में अशोक मेहता समिति ने अपनी रपट में कहा—

'स्थानीय स्तर पर, विशेष रूप से ग्रामीण विकास प्रबंधन के संबंध में, प्रशासन पर लोकतांत्रिक नियंत्रण के लिए बल देना सतत लोकतांत्रिक प्रक्रिया का एक हिस्सा है। प्रजातंत्र की नींव को मजबूत बनाना आवश्यक है।

'आधारभूत स्तर पर लोगों के अपने ही प्रतिनिधि ग्रामीण क्षेत्रों में सामाजिक परिवर्तनों को प्रेरित करने के लिए सर्वश्रेष्ठ हैं। वहाँ पर जागरूकता है और जन-संचार माध्यमों (टी.वी. और रेडियो) ने गाँवों में लोगों की रुचि और सूझ-बूझ को एक व्यापक रूप प्रदान कर दिया है।

'शिक्षा का प्रसार ग्रामीण क्षेत्रों में सुशिक्षित और विकासोन्मुखी नेतृत्व प्रदान कर रहा है।

'बहु-आयामी विकास संबंधी कई प्रयासों में लोगों की भागीदारी की आवश्यकता है, परंतु लोगों की पहल केवल उनको विकास और परिवर्तन की प्रक्रिया में शामिल करने के माध्यम से ही आरंभ की जा सकती है, जबकि लोकतंत्र के बिना सामाजिक-आर्थिक विकास लँगड़ा हो जाएगा, इसलिए यह भी समान रूप से सच है

कि विकास के बिना लोकतंत्र मात्र एक दिखावा ही बन जाएगा। वास्तव में दोनों एक-दूसरे के पूरक हैं।

'विकेंद्रीकरण की प्रक्रिया और केंद्र से राज्यों को, राज्यों से जिलों को और जिलों से ग्राम-पंचायतों को बड़े पैमाने पर विकास कार्यों और अधिकारों के अंतरण के प्रति एक राजनीतिक वचनबद्धता होनी चाहिए। साधन साध्य को आकार देता है और प्रक्रिया उत्पाद का निर्धारण करती है।

'राष्ट्रीय और राज्य स्तरों पर लोकतंत्र की तरह पंचायती राज साधन और साध्य दोनों है। साध्य के रूप में लोकतंत्र विस्तार का आधारभूत दिशा की ओर जाना अनिवार्य है, जो समय आने पर इसे देश में लोकतंत्र रूपी पिरामिड की नींव बनाता है। इस विस्तार को राज्य से राष्ट्रीय स्तरों के जरिए नीचे से ऊपर की ओर राजनीतिक संपर्कों को प्रोत्साहित करना चाहिए। इससे भी अधिक महत्त्वपूर्ण यह है कि पंचायती राज को विकासात्मक, नगर निगम और अंततः नियंत्रक कार्यों का निष्पादन करने के लिए लोकतांत्रिक स्थानीय सरकार की एक प्रणाली के रूप में विकसित होना चाहिए।

'पंचायती राज एक लोकतांत्रिक सांतत्यक (कंटिन्यूम) का एक क्रियाशील और एक-दूसरे को प्रभावित करनेवाला द्विरूपी भाग है और आधारभूत स्तर पर लोकतांत्रिक स्वप्रबंधन की एक इकाई भी है। यह देश में प्रजातांत्रिक राज्य व्यवस्था के संबंध में एक उप-प्रणाली है और इससे ग्रामीण स्तर पर राजनीतिक व्यवस्था बनने की संभावनाएँ भी विकसित होंगी। इसे सौंपे गए कर्तव्यों का निर्वहण करने में भी यह एक साधन के रूप में बना रहेगा। पंचायती राज को, दोनों, एक साध्य और एक साधन के रूप में भारत में एक समृद्ध लाभदायक जीवन-दर्शन और व्यवहार की दिशा में योगदान करना चाहिए।'

सन् 1985 में जी.वी.के. राव ने अपनी रिपोर्ट में कहा कि ग्रामीण विकास के कार्यक्रम और उद्‌देश्य पूर्ण बन जाते हैं, यदि जिला के प्रतिनिधि स्थानीय स्तर की योजनाओं में अभिकल्पन, प्रतिपादन एवं कार्यान्वयन और गरीबी-निरोधक रोजगार कार्यक्रम के लाभकारी चयन में ईमानदार रहें। स्थानीय एवं क्षेत्रीय लोगों की आवश्यकता महसूस की गई, जहाँ योजनाएँ दक्षतापूर्वक कार्यान्वित की जा रही हैं। इन आवश्यकताओं की पूर्ति के लिए पंचायती राज संस्थानों के अतिरिक्त कोई अन्य माध्यम अच्छा नहीं है। इसलिए इन संस्थानों को पुनः आवश्यक संबल तथा शक्ति प्रदान करना होगा, ताकि वे दी गई जिम्मेदारियों को भलीभाँति पूरा कर सकें।

समिति ने सुझाव दिया कि भूमि-सुधार कार्यक्रम पंचायतों की सहायता के बिना

ठीक तरह से कार्यान्वित नहीं किए जा सकते हैं। चूँकि ग्रामीण क्षेत्रों में भूमि मुख्य संपत्ति होती है, अतः भूमि का बँटवारा करके विकेंद्रीकरण करना आवश्यक है। भूमि पर नहीं आधारित कार्य-कलापों के लिए भी पूर्व शर्त के रूप में कुछ भूमि का होना जरूरी होता है। सप्तम पंचवर्षीय योजना में यह कहा गया है कि भूमि-सुधार कार्यक्रम गरीबी उन्मूलन की रणनीति का अभिन्न अंग होना चाहिए। अतः भूमि के पुनः वितरण-संबंधी सुधार और काश्तकारों को सुरक्षा प्रदान करने के कार्यक्रमों को तेजी से आगे बढ़ाना होगा। इस प्रक्रिया में पंचायती राज संस्थाओं का सहयोग अत्यंत आवश्यक है। जिन लोगों को अतिरिक्त भूमि दी जाए, उन्हें सहायता देनेवाले कार्यक्रमों को समेकित ग्रामीण विकास कार्यक्रम, राष्ट्रीय रोजगार कार्यक्रम, ग्रामीण विकास कार्यक्रमों आदि को मिला देना चाहिए। इस संबंध में कृषि ऋण देने, अनाज प्राप्त करने, सामाजिक वानिकी जैसे विभिन्न प्रयोजनों के लिए अद्यतन भूमि और फसल से संबंधित अभिलेखों की आवश्यकता हेतु भूमि-सुधार विभाग की विकास-भूमिका को स्वीकार किया जाना चाहिए, जो योजनाएँ तैयार करने के लिए भी आवश्यक है।

सरकारिया आयोग ने भी सन् 1988 में सुझाव दिया कि पंचायतों के संविधान के अनुच्छेद 172 तथा 174 के ढाँचे पर नियमित चुनाव कराने चाहिए, ताकि सत्ता का विकेंद्रीकरण सही अर्थों में हो सके। पंचायतों के द्वारा क्षमता के विकेंद्रीकरण से केंद्र-मूलक शक्तियों की धमकियाँ कम होंगी।

ऊपर से नीचे तक जन सहयोग बढ़ेगा, हमारे प्रजातांत्रिक शासन का आधार सुदृढ़ विस्तृत होगा, प्रशासनिक दक्षता में वृद्धि होगी तथा अंतःसरकारी संबंधों में प्रगाढ़ता तथा स्थायित्व में बढ़ोतरी होगी।

उपर्युक्त समितियों एवं आयोगों की रिपोर्टों तथा सुझावों की अनदेखी कई वर्षों तक की गई। सन् 1992 में संविधान संशोधन करके पंचायती राज से संबंधित आयोगों तथा समितियों की अनुशंसाओं को काफी सीमा तक कार्यान्वित कर दिया गया। अब समस्या केवल उचित कार्यान्वयन की है। अधिनियम के प्रावधान तब तक सुचारु रूप से कार्यान्वित नहीं होते जब तक उनके पीछे जागरूक जनता न हो।

भारत की जनता के धैर्य का बाँध अब टूट रहा है। वह नेताओं तथा प्रशासकों को ईश्वर की तरह बहुत वर्षों तक देखती रही, पर जब उसने देखा कि उसके कर्णधार अपने निहित स्वार्थों में लिप्त हैं तो उसकी आशा और प्रतीक्षा का क्षरण होने लगा तथा जिसका अब प्रायः अंत हो गया है। वह चाहती है कि राजनीतिक तथा आर्थिक सत्ता उसके हाथ में हो, ताकि वह ही अपने भविष्य का स्वयं निर्माण करे। नेताओं ने झूठे वायदे देकर केवल अपना एवं अपने दल का स्वार्थ सिद्ध किया,

नौकरशाहों ने अपनी बड़ी-बड़ी कोठियाँ खड़ी कीं तथा अपने चारों तरफ विलासिता की दीवारें खड़ी कर लीं। नेताओं के लिए यह उचित होगा कि वे अपने राजनीतिक दल के समर्थकों, कार्यकर्ताओं को पंचायत अथवा नगरपालिकाओं में स्थित कर दें, ताकि उनकी जवाबदेही कम हो तथा उनके समर्थक समय पड़ने पर उनके लिए समर्थन जुटा सकें। पश्चिम बंगाल में यह दृश्य दृष्टिगोचर होता है। राज्य स्तर या केंद्र स्तर का राजनीतिक नेता कभी ग्राम स्तर पर सक्रिय नहीं रहता है।

ग्रामीण क्षेत्रों में पूरे वर्ष काम नहीं रहता है तथा स्थानीय लोग स्व-प्रशासन के लिए आसानी से समय निकाल सकते हैं। स्वतंत्रता के पचास वर्षों बाद गाँवों के कई निवासीगण सरकारी नौकरियों से अवकाश ग्रहण करने के पश्चात् गाँवों में निवास कर रहे हैं। उनके पास काफी समय तथा अपनी नौकरी का परिपक्व अनुभव है। उपर्युक्त दृष्टिकोण से भी भारत में पंचायती राज का भविष्य उज्ज्वल है।

विगत वर्षों में ग्रामों में शांति तथा व्यवस्था व्याप्त थी। पुलिस को कानून तथा व्यवस्था कायम रखने की इतनी अधिक सिरदर्दी नहीं थी। तब इतने राजनीतिक आंदोलन, हड़ताल या प्रदर्शन नहीं होते थे। अतः ग्रामवासी शांतिपूर्वक अपने श्रम के द्वारा कृषि-उत्पादन में संलग्न रहते थे तथा प्रायः एक मुख्य फसल से ही पूरे वर्ष के निर्वाह के लिए धन जोड़ लेते थे। आजकल गाँवों में खेतों तथा खलिहानों तक चोर-डकैत आतंक फैला रहे हैं। अतः ग्रामवासियों को सुरक्षापूर्ण जीवन निर्वाह करना कठिन हो रहा है। पुलिस प्रशासन का भी इतना राजनीतिकरण हो गया है कि वह शनैः-शनैः जमीनी लोगों से कटता जा रहा है। इस अवस्था में ग्रामवासी पंचायतों के माध्यम से केवल एक ऐसा केंद्र चाहते हैं, जहाँ उनकी सभी शिकायतों का समाधान हो सके। कालांतर में पंचायतों को विकासमूलक कार्यों के साथ-साथ यह भूमिका भी निभानी पड़ेगी। इन सभी कारणों से वर्तमान तंत्र में सामान्य ग्रामवासी की आस्था घट रही है।

□

संदर्भ

अग्रवाल, (डॉ.) प्रमोद कुमार : भारत के विकास की समस्याएँ और समाधान—लोकभारती प्रकाशन, 15-ए, महात्मा गांधी मार्ग, इलाहाबाद-1, वर्ष-1998, कुल पृष्ठ-114।

उपाध्याय, देवेंद्र (संपा.) : पंचायती राज व्यवस्था—सामयिक प्रकाशन, 3543, जटवाड़ा, दरियागंज, नई दिल्ली-2, वर्ष-1998, कुल पृष्ठ-184।

कुमार, सुशील; नारायण, इकबाल; माथुर, पी.सी. तथा अन्य : पंचायती राज एडमिनिस्ट्रेशन (ओल्ड कंट्रोल्स एंड न्यू चैलेंजेज)—इंडियन इंस्टीट्यूट ऑफ पब्लिक एडमिनिस्ट्रेशन, इंद्रप्रस्थ एस्टेट, रिंग रोड, नई दिल्ली-1, वर्ष–1970, कुल पृष्ठ-222।

मैथ्यू, जॉर्ज : स्टेटस ऑफ पंचायती राज इन द स्टेटस ऑफ इंडिया—1994, इंस्टीट्यूट ऑफ सोशल साइंसेज, कंसेप्ट पब्लिशिंग कंपनी, ए/15-16, कमर्शियल ब्लॉक, मोहन गार्डन, नई दिल्ली-59, वर्ष-1995, कुल पृष्ठ-232।

चतुर्वेदी, टी. एन. एवं जैन, आर.बी. : पंचायती राज—इंडियन इंस्टीट्यूट ऑफ पब्लिक एडमिनिस्ट्रेशन, इंद्रप्रस्थ एस्टेट, रिंग रोड, नई दिल्ली-2, वर्ष–1987, कुल पृष्ठ-271।

जोशी, आर.पी. (संपादक) (अंग्रेजी) : पंचायती राज का संवैधानिकीकरण (पुनराकलन)—रावत पब्लिकेशंस, लक्ष्मी नगर, नई दिल्ली-92, वर्ष–2000।

देसाई, बसंत : पंचायती राज, जनता को शक्ति, हिमालय पब्लिशिंग हाउस, मुंबई, डॉ. भालेराव मार्ग, गिरगाँव, मुंबई-400004, वर्ष–1990, कुल पृष्ठ–516।

डे, एस. के. (हिंदी अनुवाद) : पंचायती राज एक संयोजक—राजकमल प्रकाशन प्रा. लि., दिल्ली-6, वर्ष-1962, कुल पृष्ठ-113।

सान्याल, भूपेंद्रनाथ : भारत में पंचायती राज, सिद्धांत और व्यावहारिक रूप—नेशनल पब्लिशिंग हाउस, नई दिल्ली-2।

पलानिथुराई, जी. (अंग्रेजी) (संपादक) : न्यू पंचायती राज सिस्टम, स्टेटस एंड प्रोस्पेक्टस—कनिष्क पब्लिशर्स एंड डिस्ट्रीब्यूटर्स, नई दिल्ली-2।

पुणतांबेकर, श्री कृष्ण व्यंकटेश : भारतीय लोक-नीति और सभ्यता (दूसरा खंड)—सं. 1991 विक्रम।

लाजपतराय, लाला : दुःखी भारत—इंडियन प्रेस लि., प्रयाग, वर्ष–1928, पृष्ठ–414।

शर्मा, विद्यासागर : पंचायती राज (पंचायतों के प्राचीन एवं अर्वाचीन विकास का अध्ययन)—हिंदी प्रकाशन मंदिर, इलाहाबाद, वर्ष–1956।

पत्रिकाएँ तथा अन्य प्रकाशन

1. एप्रोच पेपर—दसवीं पंचवर्षीय योजना (2002-2003), योजना आयोग, भारत सरकार, नई दिल्ली (अगस्त 2001)।
2. इकोनॉमिक एंड पॉलिटिकल वीकली, अंक—21 अप्रैल, 2001; 19 मई, 2001; 16 जून, 2001; 21 जुलाई, 2001; 18 अगस्त, 2001।
3. ग्रामीण विकास मंत्रालय, ग्रामीण विकास विभाग (पंचायती राज प्रभाग) द्वारा पंचायती राज के संबंध में 11 जुलाई, 2001 को विज्ञान भवन (नई दिल्ली) में आयोजित राज्यों के मंत्रियों के सम्मेलन की कार्यसूची।
4. ग्रामीण विकास मंत्रालय, ग्रामीण विकास विभाग (पंचायती राज प्रभाग), कृषि भवन, नई दिल्ली द्वारा पंचायती राज संस्थाओं पर शक्तियों तथा कार्यों के विकेंद्रीकरण के संबंध में टास्क फोर्स की रपट, अगस्त, 2001।
5. ग्रामीण विकास मंत्रालय, भारत सरकार की वार्षिक रिपोर्ट, 1999-2000।
6. भारत का संविधान (1 जनवरी, 2000 को यथा विद्यमान), प्रकाशित—विधि, न्याय और कंपनी कार्य मंत्रालय, भारत सरकार।
7. पश्चिम बंगाल की पंचायतों के लिए एक नया क्षितिज—निर्मल मुखर्जी एवं डी. बंदोपाध्याय द्वारा पश्चिम बंगाल सरकार के लिए अंग्रेजी में प्रस्तुत रिपोर्ट, फरवरी 1993।